DARIA BUNKO

虎王は花嫁を淫らに啼かす

淡路 水

ILLUSTRATION 北沢きょう

ILLUSTRATION
北沢きょう

CONTENTS

虎王は花嫁を淫らに啼かす　9

あとがき　252

この作品はフィクションです。
実在の人物・団体・事件などに一切関係ありません。

虎王は花嫁を淫らに啼かす

プロローグ

あ……また。

突如どっと押し寄せてきた鮮明すぎる緑の色に伊里弥《イリヤ》はぼんやりと思う。

そうして、伊里弥はあたりを見回した。自分が今立っているのは、針葉樹の深い深い森の中である。天に向かってピンと真っ直《す》ぐに伸びている木々の中にたったひとりで立ち尽くしているのだった。

だが、このあまりに鮮明な景色もこれは夢だと伊里弥にはわかっている。なぜなら、幼い頃から同じ夢を繰り返し見ているからだ。

だからこれから先の内容だってわかる。

そう、このあと伊里弥はひとりの美しい青年と出会い、彼に名前を呼ばれる。

何回も、何十回も、いやそれよりもっと……ずっと見続けてきた夢だ。きっと今日も首の傾《かし》げ方、指先の動きまでなにひとつ変わることなくまったく同じなのだろう。

「イリヤ」

ほら。

声のする方へ振り向くと、それは美しい金髪の青年が緑の絨毯《じゅうたん》の上に佇《たたず》んでいた。

彼の目はひどく特徴的だった。両目はそれぞれ色が異なっているのだ。左の目は水を思わせるような美しい青色だが、右目はつるりとした灰色の瞳だ。美しい輝きはあるものの、それはどこか人工的な光にも思える。だからといって彼の美しさを損《そこ》なうことはない。目の色の違いさえ、むしろ魅力的とさえ思ってしまうほどで、思わず目が惹《ひ》きつけられる。彼は伊里弥の手を取り、優しく微笑《ほほえ》んだ。

伊里弥が彼の顔に見とれていると、ざあっと風が吹き抜ける。あまりの風の強さに目を瞑《つむ》った一瞬の後、美しい青年は勇壮な金色の虎《とら》へと変化し伊里弥をあっという間に背に乗せた。

伊里弥を背に乗せた金色の虎は森の中を疾走《しっそう》する。

密集する針葉樹たちの梢《こずえ》がざわざわとざわめくように鳴る。速いスピードに景色は溶けていき、パレットの上にアルパイングリーンやモスグリーンなどの絵の具を混ぜたようなただの緑色となった。

伊里弥は虎の背にしがみついていた。

だがいつの間にか森に置き去りにされ、ひとりぼっちになっていた。あんなにしっかりしがみついていたはずなのに、金色の虎はどこにもいない。

伊里弥はぼろぼろと涙をこぼし、泣きじゃくっていた。こみ上げる嗚咽《おえつ》。頬を伝う温かい涙。それらすべて生々しく決して夢とは思えないのに……。

伊里弥は悲しくて悲しくて泣き続けている。風に揺れる葉擦《はず》れの音を聞きながら。

どうして泣くのだろう？

目覚めると必ずそう思うのだが、理由はわからない。どうしてかわからないけれど、悲しくて堪《たま》らず泣いている。

「…………………っ！」

伊里弥は誰かの名を叫ぶように呼ぶ。それは自分にとって大事な人の名だ。

「〜〜〜〜っ！」

喉《のど》の奥から絞り上げるような声でその名を叫んだ。

——そして夢の終わりはいつでもここだった。

夢はいつも伊里弥が泣き、誰かの名前を叫ぶところで終わる。しかしその名前は朝になって目覚めると、なぜだか覚えていないのだけれども。

ポーン、とシートベルト着用サインが鳴って、じきにこの飛行機が着陸すると告げた。追ってキャビンアテンダントのアナウンスがある。

時津《ときつ》伊里弥はもうすぐ自分が降り立つ大地を窓から見つめる。

自分が住んでいる北海道も日本では広大な土地だと人は言うけれど、そんなものはどこかへ吹き飛んでしまうほど、段違いに広く、遥かに雄大な景色が伊里弥を圧倒する。

（とうとう……来た）

緑と茶を美しく織り交ぜた絨毯にも似た大地の上に積み木で作ったような都市が見えた。あれがこれから伊里弥が一年間暮らすノヴォシビルスク――シベリアの首都と呼ばれるロシアでも有数の産業都市だ。また産業だけでなく、日本の筑波《つくば》学園都市のモデルとなったといわれる科学研究の拠点となる計画都市が郊外にはある。

地面が近づくにつれ、あらゆるものがはっきりと見えてくる。景色で一番違う、と思うのはやはり植物の種類だろうか。

伊里弥の家がある札幌《さっぽろ》もノヴォシビルスクと同様亜寒帯湿潤気候ではあるけれど、やはり生《は》えている樹木の種類が随分違う。

札幌はまだ広葉樹も多いが、こちらは針葉樹がほとんどだ。すっとした美しいフォルムの木々は、まるで槍先が並んでいるようで見とれてしまう。

ノヴォシビルスクはシベリアの中でも比較的過ごしやすいとはいえ、それでも秋や冬はかなり厳しいと聞く。北海道で生まれ育った伊里弥でも、おそらく驚くような寒さだろう。けれど、その分夏の神秘的な美しさは筆舌《ひつぜつ》に尽くしがたいともいう。絶滅寸前の動物が暮らし、世界遺産にもなっているアルタイ山脈の自然が間近にある景色は実に荘厳かつ雄大で、惹かれる者も数多くいる。

(ここで一年、頑張って勉強しなくちゃ)

伊里弥はここで一年交換留学生として勉学にいそしむことになっていた。

札幌とノヴォシビルスクは姉妹都市であり、交流も多い。伊里弥の通っている大学でも交換留学制度を設けており、その縁で伊里弥は一年間という期限つきではあるが留学することになったのだった。

しかし、それだけの理由で留学を決めたわけではない。伊里弥にとって、このノヴォシビルスクという場所は特別なところであった。

伊里弥には外国の血が混じっている。曾祖父《そうそふ》はこのノヴォシビルスクの出身で、ロシア革命後の内戦の時期に、曾祖母《そうそぼ》とまだ赤ん坊だった祖父を伴いアメリカへ渡ったということだ。

そして祖父は戦後、エンジニアとして日本の戦後復興のためにアメリカから来日し、祖母と出会って結婚。そんなわけで、ロシアとは縁が深い。

おじいちゃんっ子だった伊里弥は祖父からずっと聞かされていた曾祖父の故郷を幼い頃から

一目見たくて堪らずにいたのだった。

――伊里弥はお父さんに似てるよ。

そう言いながら祖父は伊里弥を見て目を細めていた。

祖父が言うとおり、伊里弥は曾祖父によく似ていた。隔世遺伝《かくせいいでん》、というものがあるとは聞いていたけれど、まさしくそれだったらしい。

髪の色こそ伊里弥は栗色だけれど、小さな顔の中に整ったパーツを組み込んだような西洋人形のような顔や、華奢《きゃしゃ》な体も、祖父に見せられた写真の中の曾祖父とそっくりだった。

しかも曾祖父の名は「イリヤ」だという。

祖父は伊里弥の名をつけるときに曾祖父の名をつけた。それはロシアではごく普通らしい。身近な先祖の名をつけることで先祖との繫《つな》がりを持っていてほしい、ということのようだ。

そのせいもあってか、祖父はことの外《ほか》伊里弥を可愛がってくれていた。

祖父の形見――祖父も曾祖父から受け継いだという見事なブルータイガーアイの指輪に手を触れる。決断と前進の象徴と言われるこの石は、幸運をもたらすとも言われている。

ほんの幼い頃に祖父にお守りだと授けられ、それ以来ずっと身につけている。

（おじいちゃん、来たよ）

伊里弥は指輪を外の様子が見えるように、飛行機の窓にかざす。

おそらく祖父も生まれた場所であるここを訪れたかっただろう。しかし戦争やまた冷戦などで彼がこの地に降り立つことはなかった。

再び、ポーン、ポーンと立て続けに音が鳴った。そして体に重力がかかる。滑走路が近づいてきた。


トルマチョーヴォ空港に到着し、伊里弥は迎えを待っていた。

ロシアは夏休みが長い。その間を利用して秋からの新学期がはじまる前に語学学校で短期の語学研修を受けることにしている。ロシア語は日常会話程度なら伊里弥は話せるが、やはり大学で受講するとなるとそれだけでは不安な部分も多々ある。いくら交換留学といっても、甘えてはいられない。新学期までにはいくらかでも上達したいと思い、伊里弥は早めに向かうことにしたのだ。

今日はこの留学にあたっての日本人コーディネーターが迎えにくることになっているのだが、まだそれらしい人はあたりに見つけられない。

日本人と違ってこちらの人たちはよく言えば大らか、有り体《てい》に言ってしまえばルーズなところがあるので、伊里弥ものんびり待つことにした。

きょろきょろと、どこか休めるような椅子でもないかとロビーを見回していたときだ。

「あっ！」

伊里弥は思わず声を上げた。それもそのはずで、伊里弥が投げた視線の先にいた人物が、自分が知っている青年によく似ていたからだ。いや、知っているというのは正しくないかもしれない。けれど伊里弥はその青年の姿形をよく覚えている。

「夢……じゃないよな」

その人物は幼い頃からずっと見続けていた夢に出てくる美しい青年と瓜《うり》二つだった。どこからどう見てもそっくりで思わず伊里弥は彼を凝視してしまっていた。

背が高く、夢と同じで美しい金色の髪の見目麗《みめうるわ》しい男性だ。あの色違いの両目さえも同じで伊里弥は驚く。まるで物語で描かれる若い王か王子のような堂々とした立ち姿の彼は、周囲の視線を一身に浴びていた。

夢の青年が実際にいたらこうだっただろう、と思うほどそっくりな彼のあまりの迫力に伊里弥は見とれるしかなかった。

するとその青年は伊里弥の視線に気づいたらしく目を合わせてきた。彼の目が大きく見開かれ、伊里弥を見つめる。

彼の目は伊里弥を睨《にら》みつけているようでもあり、愛《いと》おしむようでもあり、不思議な光をたたえていた。

「あ…………」

伊里弥はその視線に縛られ身動きがとれなくなる。彼の強い視線に囚《とら》われているかのように。

（どうして……？　なんでおれを見ている……？）

初めて訪れた土地だ。知り合いなどいない。だから彼のことなど無視して立ち去ればいいいものを。なのに視線を外せないでいる。

しかも体の奥底がじわりと熱くなっていた。体を巡《めぐ》る血流の速度も上がっているような気がするほど、自分の細胞のひとつひとつが興奮しているのがわかる。

指一本動かせないでいると、青年はつかつかと伊里弥の方へと歩み寄ってきた。

「え……」

どうして、と思う間もなく次の瞬間には唇を重ねられていた。

「…………っ！」

キスをされている、と理解するまでしばらくかかった。ぬるり、と彼の舌が唇の狭間《はざま》から滑《すべ》り込み伊里弥の舌を搦《から》め捕《と》る。濃厚で甘い口づけに頭の奥がじん、と痺れた。

角度を変えながら、唇を吸われ、舌で口内を探るように舐《ねぶ》る。そうされるとなにも考えられなくなってしまいそうになる。

「……っ、……ん」

こんなキスは経験したことがない。

いや、そもそもキスなんて、まだ高校生のときにつき合っていた彼女とした、幼いだけのキ

11
12
13
Sky Express
14

スくらいしか伊里弥は知らなかったから。

官能的、という表現がまさしくぴったりだ、と伊里弥は頭の隅で思う。

なぜ自分は彼から離れられないのだろう。拒《こば》もうと思えば拒めるはずなのに、なぜ見ず知らずのこの青年のキスを受け入れているのだろうか。

ようやく唇が離されたかと思うと青年は伊里弥の耳元でなにかしらを囁《ささや》き、すぐさま立ち去っていく。

「次の新月の夜に――」

伊里弥が理解できるロシア語でわかったのはそれだけだった。

次の新月の夜、それはいったいなにを意味しているのか。彼は自分を誰か他の人と勘違いしているのではないか。

そんな思いがぐるぐると渦を巻き、彼が去ったあとも茫然《ぼうぜん》とその場に立ち尽くしていた。

「時津伊里弥くん?」

声をかけられ、ようやく我に返る。

「あっ、ああ……すみません。ぼんやりしていて……」

「いや、すまない。すっかり遅れてしまって。出るときにちょっと車がエンストしてね。今回のきみの留学の相談役とでもいうのかな。コーディネーターの相原《あいはら》です。初めまして」

こちらでは車の故障は日常茶飯事だから、と言い訳をしながら相原は挨拶をする。

「いえ、そんなに待っていなかったので大丈夫です。これからお世話になります。よろしくお願いします」

「こちらこそ。わからないことはなんでも相談してください。長旅だったから疲れたでしょう。すぐに寮へ行くね」

ぼんやりしていたのは疲れのせいだろうと思われたらしい。疲れたことも確かだけれど、伊里弥は先ほどの青年が気になって仕方がなかった。しかしそれは相原に言うことではない。

「ありがとうございます」

礼を言って、にっこりと笑顔を作る。

空港を出るときに、もう一度振り返ってさっきの青年がいないかと視線を巡らせたが見つけることはできなかった。

＊＊＊

その夜の夢は最悪だった。

尻を抱《かか》えられ、誰かに揺さぶられている。

うつぶせになっているのは自分だ。伊里弥は尻だけを上げている格好を取らされ、男のものを後ろに飲み込まされていた。

——ああ……んっ、……ぁ……。

甘く喘《あえ》ぎ声を上げる自分。

穿《うが》たれる合間、顔を後ろに向かされ、荒々しい口づけが与えられる。厚ぼったい唇に舌を吸い上げられ、その男の手は伊里弥の乳首を捏《こ》ね回す。

伊里弥の頬に金色の髪が触れ、そのくすぐったい感覚でさえ体を熱く焦《こ》がす。

——来て……もっと……深く……。

はしたなくねだる声を出すと、後ろに埋め込まれているものがさらに伊里弥の奥を抉《えぐ》った。

自分が男に抱かれている。

こんなことしたことがないはずなのに、体はこれが気持ちいい行為だと知っていた。

切なげに体をうねらせ、男を受け止める。男は荒い息を吐きながら激しく穿ち、ぽたぽたと伊里弥の背に汗を落とす。

——愛してる。

伊里弥は男へ顔を向けるとそう口にする。

そのとき男の顔がはっきりと見えた。

それはいつも夢の中で出会っていた美しい金髪の青年。いや、どちらかというと空港で出会ったあの彼だ——その彼に伊里弥は抱かれている。

——愛してる。

何度となく、そう彼に伊里弥は告げる。

男が動く度《たび》に後ろの孔《あな》から濡れた音がし、伊里弥は高い嬌声《きょうせい》を上げた。欲を満たす行為に伊里弥は没頭する。男は伊里弥の孔の中に陰茎《いんけい》を埋め込み、引き抜き、また埋め込む。

単純な動作の繰り返しであるにもかかわらず、伊里弥は仰《の》け反《ぞ》り、腰を揺らし、歓喜の声を上げていた――。

＊＊＊

「うわっ！」

目覚ましの音で伊里弥は飛び起きた。

パジャマ代わりに着ていたTシャツは寝汗でびっしょりで、心臓もドキドキと早鐘《はやがね》を打っている。あまりにも夢がリアルで、一瞬ここがどこかわからなくなる。

伊里弥は起きるなり、あたりをきょろきょろと見回した。そして自分の寝ていた場所が寮に据《す》え付けられているベッドの上だと気づいて、はーっと大きく息を吐いた。

「……なんて夢だよ……」

幼い頃から金髪の青年との夢は見続けてきたが、今回のような夢は見たことがなかった。

あんなに淫《みだ》らな――。

目覚めた今でもはっきりと覚えている。青年との激しいセックスに悦《よろこ》んでいる自分……。

ごくりと生唾《なまつば》を飲む。

伊里弥はそっと手を自分の胸へやった。

彼にここを摘《つ》ままれ、うれしそうによがっていたのだ。Tシャツの上から指でそこを撫《な》でると、言いようもない感覚が体を駆け抜け、ずくりと下肢《かし》が熱を持った。

「………っ」

伊里弥は慌《あわ》てて首を振り、ベッドから降りて部屋の窓を開けて何度も深呼吸した。

すうっと爽《さわ》やかな空気が部屋を通り抜ける。ようやく気持ちを落ち着けられた。

「……あぶないとこだった……」

まだ夢の続きのような気がしてならず、伊里弥はひとりで赤面する。

これまで自慰《じい》だって、自分のペニスを擦《こす》るくらいのことしかしたことはない。乳首を弄《いじ》るのが気持ちいいなど知ることもなかった。

刺激的すぎる夢に伊里弥は戸惑《とまど》うばかりだった。

それに相手は、夢の中の彼というより空港で伊里弥にキスを仕掛けてきた彼だ。

「……あいつにキスされたからだ……だからあんな夢……」

あのキスだって、ひどく性的なものだった。体の中が丸ごと……それこそ理性すら、とろとろに蕩《とろ》かしてしまうような甘い口づけ。

「っていうか、なんでおれが受け身なわけ？」

伊里弥は憤慨《ふんがい》する。自分だって男なのだから、受け入れるだけというのは腑《ふ》に落ちない。だが、あの彼に自分が突っ込むところは想像できないかも……。

と、そこまで思って、ふと部屋の時計を見る。

「わっ！　早くしなくちゃ！　初っぱなから遅刻なんて冗談じゃない！」

伊里弥は焦《あせ》りながら急いで支度をはじめ、慌てて部屋から飛び出していった。


大学は周りを針葉樹林で囲まれた郊外にあった。そのため大学には学生寮があり、すべての学生はその寮で生活をしている。

ここには留学生も多く、日本からの留学生もほんの数人ではあるがいるらしい。しかしどうやら伊里弥のいる寮ではなく、別の寮にいるとのことだった。

少し残念な気もしたが、語学の上達のためには少しでも多く現地の言葉で会話をする方がいいという。日本語に触れないでいるいい機会だと伊里弥は自分を納得させた。

部屋は実に快適だった。ロシアを訪れたことのある教授が言っていたが、ちょっとしたホテルよりも寮の方が設備がいいというのは本当なのだろう。思っていたよりも新しく、また三階の部屋を割り当てられたので眺《なが》めもそこそこいい。

　窓から見える景色に伊里弥は満足していた。

　夏休みに入ってしまっていたから、寮に残っている学生の数は多くはなかったが、やはり伊里弥と同様留学生もいれば、残って勉強を続けたいという者もいる。

　皆、気さくな人間ばかりで、日本に興味のある学生も多く伊里弥を歓迎してくれた。

　はじめてできた友達は黒髪の女の子だ。タチアナという名の彼女は伊里弥のつけている指輪に興味を示し、そこで話をしたのがきっかけだった。

「ブルータイガーアイなのね。すてき！　こんなに美しく虎の目が出ているのってはじめて見たわ。色もすごくきれいな青ね」

「ありがとう。祖父、というか曾祖父の形見なんだ。そうそう、曾祖父はこのあたりに住んでいたんだって」

「へえ、伊里弥のひいおじいさんってこっちの人間だったの？」

「うん。祖父もここで生まれたらしいけれど、生まれてすぐにアメリカに渡ったみたいで全然覚えてなかったって言っていた。でも祖父は両親ともにこちらの出身だったから、普段の会話はロシア語だったみたい。おかげでおれは祖父に教えてもらえたんだけど」

「なるほど、伊里弥はそれでロシア語ができるのね？」

「ほんの少しだけどね」

伊里弥は自分のロシア語がここで通じることにいくらかほっとしていた。またそれがプラスに働いたようで、数日も経《た》つとすっかり皆と打ち解けることができ、人間関係もさほどストレスにはならなさそうだと伊里弥は思った。

食事は基本的に食堂でするのだが、ある日、早速できた数人の友達と昼食を摂《と》ろうと食堂へ入っていくと、視界の隅を過《よぎ》っていく者があった。

「……！」

伊里弥は思わず席を立つ。

あれは――空港で伊里弥に口づけた彼だ。

忘れるはずもない。あの美しい金髪、あの目の色、そして誰とも違うオーラ。

伊里弥はすぐさま彼の背を追いかけた。

「ちょっと待ってください！」

慌てて声をかける。が、彼は無視して食堂を出ていこうとする。

『待って！　待ってくださいっ！』

思わず日本語で呼びかけたが、立ち止まることもなく足早に去っていく。伊里弥はもう一度ロシア語で呼びかけた。しかし廊下の角を曲がったとき、彼の姿を見失ってしまう。

「嘘……」

伊里弥はがっくりと肩を落とし、友達の許《もと》へ戻っていった。

「どうしたの？　突然」

　タチアナが伊里弥に聞く。

「うん……。ねえ、タチアナ、さっきの人知ってる？」

「さっきのって、ディーマのこと？」

「ディーマっていうの？　あのめちゃめちゃハンサムな人」

　伊里弥は彼が姿を消した方を見ながら口にした。

「ええ、そうよ。ヴラディーミル。愛称がディーマね。ねえ、伊里弥、彼のこと知っているの？」

　タチアナが興味津々とばかりに聞いてくる。

「ううん。別に。……ただ、その……空港で……えっと、ぶつかった人がいて、それが彼とそっくりだったから。……それで、彼だったら申し訳なかったなと思って。だから謝りたかったんだけど」

　咄嗟《とっさ》に嘘をついた。まさか彼に口づけられたなんてとても言えない。

　しかもあれは挨拶のキスなどというものではなかった。官能を喚《よ》び起こすような、深く食らい尽くすような熱い口づけ。

「ああ、なあんだ。そういうこと。てっきりあなたがディーマのことをナンパしに行ったのかと思っちゃったわ」

　タチアナの言葉に伊里弥は目を丸くした。そして慌てて口を開く。

「ちっ、違うって」

「そう？　でも恋の悩みならいつでも聞くわよ。わたし理解はある方なの。ディーマはわたしたちにとっては高嶺《たかね》の花で釣り合うわけもないって思うけれど、伊里弥はお人形さんみたいに可愛いからきっとお似合いよ」

ふふ、と意味ありげな笑いを彼女は浮かべる。

「タチアナ！」

「まあまあ、伊里弥落ち着いて？　恋には性別なんて関係ないのよ？　少なくともわたしはそう考えているの。だからなんでも相談してね」

タチアナはすっかり伊里弥がディーマに一目惚《ぼ》れしたと思い込んでいるようだった。

伊里弥自身はあまり深く考えたことはないけれど、今までつき合ったのは女の子だからヘテロだと今の今まで思ってきた。が、タチアナの言葉にどきりとさせられた。

さっきディーマが通りかかったとき、伊里弥の体は反射的にカッと熱くなったのだ。

だって空港で口づけられてからずっと、彼のことを一日たりとも忘れたことはなかった。それはもしかして……。

「伊里弥？　どうしたのぼーっとしちゃって。やっぱり恋？」

タチアナに肘《ひじ》で小突《こづ》かれ、伊里弥ははっとした。

「もう！　違うって！　お腹空いただけ。早くご飯食べに行こう。お腹ぺこぺこだよ」

揶揄《からか》うタチアナをあとにして、伊里弥はずんずん歩いて行き、食堂に入った。

今日の昼食はシャシリクという、日本の焼き鳥のようなものと、ウハーという白身魚のスープ、それにサラダとロールパンだった。

「伊里弥！　ここ！」

先に食堂に入っていた、もうひとりの友人であるセルゲイが伊里弥を呼んだ。

「ありがとう」

すでに昼食を用意してもらった礼を言い、伊里弥は席についた。タチアナは別の友人を見つけたようで、そちらの方へ行ってしまった。

「随分タチアナにやられていたみたいだけど」

くっくっ、とセルゲイがおかしそうに笑う。

「まったく、参ったよ。タチアナったらとんでもないことを言いだすから」

「まあ、でも悪気はないから」

「うん、わかってる。タチアナもセルゲイも仲よくしてくれて、すごくうれしい。じゃなかったら、もう日本に帰りたくなっていたかも」

冗談めかして伊里弥は言ったがそれは本当のことだ。彼らが仲よくしてくれるから、新学期がなおのこと楽しみになっている。

「おいおい、来たばかりだろ。帰るなんて言うなよ」

「帰らないよ。まだなにも勉強していないし、ここしか知らないのに」

「そうそう。帰るまでにたくさんこっちを楽しまないと」

そうだね、と相槌《あいづち》を打ちながらも、伊里弥はやはりディーマのことが気にかかってどうしようもなかった。


ディーマを見かけてから、伊里弥はなにかというと彼の姿を捜し続けていた。

が、あれ以来彼はほとんど……いや、まったく姿を見せない。伊里弥もムキになってあちこち出歩き、捜し回ったが一向に現れる気配はなかった。

それとなくセルゲイたちにも聞いてみたが、「彼は教授のお気に入りで教授の仕事の手伝いをしているから忙しいんだよ」と見つからないのは当然だとばかりの答えが返ってきた。

伊里弥もそれで納得し、新学期が始まったらまた学内で見つけられるかも、といったん諦《あきら》めることにした。しかし、もやもやとした気持ちが消えることはなかった。

（あの……空港でキスをしたのはどういうことだったんだろう。それに……）

次の新月の夜。

確かに彼はそう言った。次の新月までまだ半月ほどあるが、果たして新月の夜になにがあるというのだろう。

ディーマの態度も気になれば、また、彼が空港で言い残した言葉も気になる。

伊里弥の頭は考えれば考えるほど混乱するばかりだった。

「そりゃ……考えてもどうしようもないってわかっているけど。……あー、もう！　考えるだけ無駄！　ちょっと気分転換してこよっと」

こうやって考え込むのはきっと部屋の中にひとりでいるからだ。

「そうだ。タチアナに美味《おい》しいジャムの売っているお店を教えてもらったんだった」

伊里弥の母親がバラのジャムが好きだということを言ったら、タチアナが美味しいジャムを売る店のある市場《いちば》を教えてくれたのだ。今日は天気もいいし、買いに行こうと出かけることにした。

ノヴォシビルスクの街は地下鉄が発達していて、実に便利だった。バス路線もしっかりしていて、思っていたよりもずっと快適である。

外へ出ると思うのだが、やはりここは大陸なのだなと感じる。生まれ育った札幌と、街の雰囲気は似ているが、それよりもずっと空気が乾いている。

けれどこの都会なのにのんびりとした雰囲気はやはり故郷に似ていて、伊里弥には好ましいものだった。

目当ての店も思っていたよりすぐに見つかって、伊里弥はいくつかのジャムを買い込む。

店員の年配の女性は伊里弥が日本人だと思わなかったらしく、日本人だと言うとやけに驚いた顔をしていた。伊里弥がにこにこしながら「母親のために美味しいジャムを買いにきた」と言うと、ちょっぴりおまけもしてくれた。

そこで教えてもらった、焼いたジャガイモの上に具をトッピングしていくスタイルのファストフードで昼食をすませると、バスに乗って寮へ戻ることにした。

本当はもう少しゆっくり散歩してからと思ったのだが、語学学校の宿題をするのをうっかり忘れていた。

「ああ、もう！　おれのバカ。早く帰らなくちゃ」

夕食前には終わらせておきたいと、伊里弥はバスに乗った。

寮に最寄《もよ》りのバス停で降りるとすぐに、感じのいい公園がある。そこは伊里弥も好きな場所で、立ち寄ることが多い。

白樺《しらかば》が多く、どこか懐かしさを感じるせいかもしれない。

「少しだけならいいよね」

まだまだお日様は頭の上にある。こんな天気のいい日はやはり外の空気を感じていたい。

雑木林の中を歩きながら、歌を口ずさむ。

伊里弥は歌が好きだ。きちんと歌を勉強したわけではないけれど、祖父も歌が好きだったせいで一緒に歌ううちにたくさんの歌を覚えるようになっていた。それから——。

にゃあ、と伊里弥の足下に一匹の猫がやってきた。

「やあ、こんにちは」

伊里弥がしゃがみ込んで、猫を撫でる。猫はゴロゴロと喉を鳴らし、伊里弥に甘えているような仕草をした。

「ロシアのにゃんこは、やっぱりロシアの歌の方がいいのかな？」

くすくすと笑いながら、伊里弥は有名なロシア民謡を口にする。すると、どこからかまた猫が一匹、二匹、と伊里弥の周りに集まりだした。

そう、伊里弥は昔から猫にはとても好かれるたちだった。特に歌を歌うとなおさら猫が寄ってくる。それどころか中には一緒に歌っているとばかりに楽しげな声で鳴くものもいる。

これを見た人たちは驚いたあと、こぞって「まるで猫つかいだね」と揶揄うのだ。伊里弥も自分の歌にはなにかあるのだろうか、と思うけれどこれといって特別なものがあるわけでもない。せいぜいが猫たちに好かれるくらいである。なので伊里弥も楽しいからいいか、と開き直ってこうしてよく歌う。自分の歌で猫たちが心地よくなってくれるのなら、それはそれでうれしい気がした。

「うまいものだ。いい声だな」

突然、背後から声がした。

え、と伊里弥が振り返ると、そこにはディーマが立っている。

「ディーマ！」

伊里弥は目を瞠《みは》った。

あんなに捜しても見つからなかった彼がいる。狼狽《うろた》えたあげく、慌てて立ち上がろうとしたときに体のバランスを崩してすっ転んでしまった。

「いて……」

すると目の前にすっと手が差し出される。

「ドジだな、おまえは」

呆《あき》れたような口調で言われ、一瞬ムッとしたが本当のことだから反論はできない。

「ほら、遠慮するな」

伊里弥が素直にディーマの手を取ると、彼はやさしく手を引いてくれた。

立ち上がって礼を言う。

「……ありがとう」

「礼を言われることでもない。おれが驚かせたせいだろう」

いささか不遜《ふそん》な口調とも取れるが、ディーマが口にするとまったく違和感はなかった。まるでそれが当然というような。

そして伊里弥ははっとあることに気づいた。

今まで鳴いていた猫たちがディーマが彼らに視線をやるだけで、ぴったりと鳴くのをやめていた。しかもやけに彼らのしぐさが、ディーマに対してうやうやしくなっているようにも見える。まるで彼にかしずいているように。

「さっきから見ていたが、ずいぶん好かれるんだな。いつもこうなのか」

ディーマはぐるりと猫たちを見やった。

「ええ、そうですね。猫には好きになってもらえるみたい。人間もそうだといいんだけど」

肩を竦《すく》めながら答えるが、ディーマは伊里弥の方ではなく猫たちへと視線をやっている。

(もう！　そっちが聞いているくせに、ちゃんと人の話聞かないなんて)

ディーマも猫たちのように少しは伊里弥の方を見てくれればいいのに、と思ってしまう。

「猫は好きなのか」

またしても質問だ。まったく会話になっていない会話に伊里弥は辟易《へきえき》してきた。とはいえ、口をきかないというのもそれはそれで子どもじみている。

「好きですよ。動物は皆好きだけれど、猫とかあとは虎とか？　ネコ科の動物は特に好きかな。かっこいいし、なんていうか……変なこと言うって思うかもしれないけれど、懐かしい気持ちになるっていうか」

動物は好きだ。伊里弥の家の近くに動物園があって、小さい頃から頻繁《ひんぱん》に通っていた。ディーマにも答えたが虎やライオン、それに豹《ひょう》が好きで将来は飼育員になりたいと思っていたくらいだった。あの優美な体はいくら見ても飽きることはない。

伊里弥がそう答えるとディーマは「ふうん」と無遠慮にじろじろと伊里弥を見た。

「その指輪は？」

彼の視線が伊里弥の指で止まった。

じっと指輪だけを見つめる彼の表情はとても真剣だ。

「あ、これですか。曾祖父が持っていたもので、おれが祖父からもらい受けたものですが。これがどうかしましたか？」

伊里弥の言葉を聞きもしないで彼は指輪を食い入るように見ている。

「ディーマ？」

聞くとはっとしたような顔をし、動揺するように目を泳がせたものの、すぐにいつもの顔に戻った。

「……そうか。ところでおまえのロシア語はどこで習った？」

不思議なことだが、ディーマと話をしていると、腹の奥がほんのりと熱く感じてくる。それは決して不快なものではなく、例えば湯たんぽを抱いているような、そんなほのかな温《ぬく》もりのようなものだ。

伊里弥は自分がロシア語をロシア人である祖父に教えてもらったこと、そして元は曾祖父がこのあたりの出身だったことを彼に説明した。

「でもまだまだ勉強不足で」

ふう、と伊里弥は溜息をつく。

留学前は日常会話がなんとかなれば、あとは現地で勉強できるのでは、といくらか甘い考えを持っていた。けれど今はかなり後悔している。

もちろん、普段友達と交わす会話くらいなら伊里弥の語学力でもなんとかなる。

もっとディーマの言うことが理解できたらいいのに、と思うのにそれができない。彼と話すにはもっともっと勉強が必要だった、と伊里弥はもどかしく思う。

「それだけ話せれば十分だろう。聞き苦しくはない。なるほどそれで伊里弥とロシア風の名前なのだな」

なんとなくばかにされている気がしなくもないが、一応合格点はもらえたらしい。

「ええ。おれの名前は曾祖父から取ったものなんだそうです。ロシアでは先祖の名前をつけるのは珍しくないって祖父が言っていたけれど、そうなんですか?」

「ああ、そういうのは珍しくない。……おまえの曾祖父もイリヤというのか」

ディーマは、イリヤ、と小さく口にした。愛おしむような口調でもう一度繰り返す。

「まだ生きているのか?」

「ううん、おれが生まれる前に亡くなっています」

伊里弥の話を聞いて、ディーマはどことなく顔に暗い影を落とした。

そんなディーマが気になりはしたが、伊里弥は言葉を続けた。

「祖父に言わせると、おれは曾祖父にそっくりなんですって」

そう言うと、彼は伊里弥を上から下まで眺める。その視線がどこか品定めでもされているようで落ち着かない。先ほどからそうだ。あの青い左目に探られているような、そんな気分になる。なんとなく不快になりながら伊里弥は一番聞きたかったことを聞いた。

「あっ、あの、ディーマ、この前空港でおれに新月の夜って言ったでしょう？　あれってどういうことですか？　それにどうしておれにあんなこと……」

あんなこと——濃厚なキスをされて動揺せずにはいられない。キスの意味は？　そしてあの言葉の意味は？　伊里弥の頭はそんな疑問でいっぱいだった。

「あんなこと？」

「キス……、キスしたでしょう、おれに」

伊里弥が言うと「そうだったか」とまるで思い当たることがないとばかりの態度をとる。伊里弥はそんなディーマに憤慨した。

彼にとっては熱いキスのひとつやふたつ、きっと慣れっこなのだろうけれど、伊里弥にとっては違う。ましてや見ず知らずで、おまけに空港に降り立って間もなくだ。いきなりあのようなことをされて驚かないわけがない。

伊里弥の顔つきが険《けわ》しくなったのを見て、彼がにやりと笑う。

「キスくらいでそんなに狼狽えるなんてまるで子どもだな」

ふん、と鼻で笑いながらディーマはくるりと背を向け、歩きはじめる。

「ディーマ！　お願いです。ちゃんと答えて。肝心なことまったく答えてもらっていない……！

新月の夜って言っていたけれどあれは……？」

立ち去ろうとする彼に追い縋《すが》って、伊里弥は聞く。

「新月がくればわかる」

ディーマは伊里弥をいなしながらその場から離れていく。

「どういうことなんですか？　ねえ、言っていることがわからないんだけれど。新月って？」

伊里弥の未熟なロシア語では、彼の言葉をそのまま受け止めていいのかすら判断がつかない。

もしかしたら彼の言葉の裏に、自分にわからないなにか深い意味があるのかもしれないと思うのに。

「ディーマ！」

けれど、彼はそれ以上なにも言わないまま立ち去ってしまった。

残された伊里弥はその場に立ち尽くす。

そしてディーマが去ると、猫たちがまた伊里弥に甘えるように鳴きだした。

＊＊＊

その日の夜、再び夢を見た。

――イリヤ……。

ディーマが喘ぐように伊里弥の名前を呼びながら突き上げる。伊里弥は尻をディーマへ押し付けるようにしていた。もっと奥まで彼のものを咥《くわ》え込みたいとばかりに腰を揺らす。痕《あと》がつくくらいに首筋を吸われ、はしたなくもっととねだる。

自分を犯しているのがディーマであると伊里弥は確信していた。それが証拠とばかりに、すぐさま伊里弥はディーマの名を呼び、尻を振ってペニスの先からとろとろと蜜をこぼして恍惚《こうこつ》とした表情を浮かべた。

――ディーマ……。

伊里弥はディーマの名を呼ぶ。だが、いつの間にか伊里弥を突き上げているのはディーマではなく、金色の大きな虎に変わっている。そう、伊里弥は虎に犯されていた。

なのに抱かれている伊里弥は虎に向かって愛おしげに「愛してる」と告げ、その金色の毛に頬ずりをしている。

それをまったく不思議に思うこともなく、伊里弥は虎に犯されながら歓喜に打ち震えていた。

「……今度は虎か……おれは変態なのか……？」

夜中に目を覚まし、伊里弥は自分の見た夢にいささか閉口していた。

エッチな夢を見てしまう、というのは、伊里弥だって若い男性だから仕方がないと受け入れられなくもない。それが相手が女性でもなく、自分が女性のように抱かれる立場であっても。

これまで考えたことはなかったが、もしかしたら自分がディーマのような男性に抱かれたいと深い意識の底で思っていたのかもしれない、と結論づけることだってできるからだ。

自覚したことはなかったがゲイだったのかも、と思えば納得できなくもなかった。

実際、空港でディーマにキスされたときにはなにも抵抗せず、それどころか、それまで感じたことのない快感すら覚えていたのだから。

しかし今晩の夢はそれとはまた別だ。

獣《けもの》——虎に犯されて、愛していると口走っていた自分にはやはり抵抗があった。

「あの虎って……ずっと夢に出てくる虎だよね……」

金色の虎の背に乗って、森を駆ける夢。

幼い頃からずっと見てきた夢だ。その虎が伊里弥を犯すだなんて。

自分も自分で、うっとりとした顔つきで虎に身を委《ゆだ》ねるというのはどうなのか。

「そりゃあ……あれはものすごくきれいな虎だけど……でもなあ……あれじゃあおれどこからどう見ても変態だろ……。なんかおれストレス溜まってるのかな」

伊里弥はベッドの中で頭を抱えた。

小さい頃からの夢と、ディーマとの出会いと、それからこの前見た淫らな夢とがぐちゃぐちゃに混じり合い、こんな夢を伊里弥に見せたのだろうか。

シベリアに来てからなにかおかしい。どこがどう、と具体的には説明できないけれど、体の中に流れる血がざわざわとしているというか、細胞が興奮しているというか。

今まで慣れないせいだろうと思っていたが、違うような気がしてきた。

のそり、と伊里弥は起きだし、ベッドを降りる。

窓の外には半分の月が浮かんでいた。

——新月の夜に。

ディーマが囁いた声が蘇る。

まだ新月ではない。あの月が見えなくなる夜まではもうしばらくある。

＊＊＊

「トレッキング?」

ディーマと公園で出会った数日後、伊里弥はセルゲイとタチアナからトレッキングに誘われた。

「そう。だって今は夏だろう?　せっかくの夏だもの、楽しまないとね。新学期がはじまったらしばらくはゆっくり遊ぶなんてできないだろうし、それに寒くなってしまうしね。伊里弥の歓迎会もまだだったしそれも兼ねて皆でどうかなって」

トレッキングと聞いて、伊里弥の心が動いた。世界遺産に登録されている絶景をこの目で見られるというのは、こんな機会でもないとなかなかない。

それにシベリアの夏は短い。これを逃すとトレッキングの機会はもうないかもしれなかった。なにしろ一年という留学期間のほとんどは寒い時期だ。あっという間に秋がきたかと思うとあとは氷点下という厳しい環境になってしまう。

美しいシベリアの夏を経験しないまま留学期間を終えて帰国というのはできれば避けたい。

「でも、トレッキングなんて……大丈夫かな。山登りなんてしたことがないんだけど」

問題はそこだった。

自慢ではないが、運動はあまり得意ではない。伊里弥はどちらかというとインドア派でアウトドアのアクティビティには臆《おく》してしまう。

するとセルゲイがにっこりと笑った。

「大丈夫。トレッキングって言っても、そんなに難しいコースではないよ。というか、皆初心者みたいなものだしね」

「そうなの？」

「安心して。ちゃんと専門のガイドもお願いするし、コースも易《やさ》しいものにしてもらうつもり。だって楽しむことが目的だからね。ハイキングとキャンプ、くらいに思ってもらえれば。あ、でも、装備はしっかり、だよ？」

茶目っ気たっぷりのセルゲイの言葉に伊里弥も気が楽になる。

「だったらもちろん参加するよ。だってここまで来て自然を満喫しないのはもったいないもの」

「よかった！　じゃあ、伊里弥がＯＫしたって皆に伝えておくよ。準備は任せて」

「ありがとう。すごく楽しみ！」

これまで見たことのない景色を堪能できると思うだけで伊里弥の心はうきうきとしてきた。

アルタイの山に棲《す》む動物にも出会えるだろうか。

この山には様々な希少動物が未《いま》だに棲んでいる。昔は虎もいたらしいが、今は絶滅したと言われている。ここに棲んでいたと言われるシベリアトラは虎の中でも体が大きく、猛獣の中でもかなりの強さを誇る。あのヒグマでさえ敵《かな》わないと言われるほどだ。

しかしその虎ももういない。雄《お》々《お》しく凜《り》々《り》しい、そしてしなやかな美しさを持つ生き物はかつてはこの山の王とも言われていたが、乱獲によってこのあたりではもう姿を見ることはなくなった。

「動物たちにも会えるかな」

「マーモットくらいには会えるかもね」

「うわ、だったらいいな」

「きっと会えると思うよ。きみを歓迎しに来るかもね」

動物や自然が楽しみではあるが、なにより伊里弥のことを思いやってくれる友人たちの気持ちがうれしい。伊里弥は改めて心から感謝した。


準備やなんかであっという間に、トレッキング・ツアーの出発日になった。

ツアーにはガイドの男性の他に七人が参加するということだった。しかし、これから出発だというのに、待ち合わせの駅にはガイドを除くとまだ六人しかおらず、ひとり足りていない。

「ねえ、まだひとり来ていないけど」

伊里弥はセルゲイに聞く。ここにいるのはどう数えても六人だ。

「ん？　ああ。大丈夫、あとで合流するから」

その答えに伊里弥も納得してほっとした。

「あとひとりって誰？　おれの知っている人？」

聞くと、セルゲイはふふと笑った。

「来るまでのお楽しみ。きっと伊里弥はびっくりすると思う」

もったいをつけた言い方をセルゲイがする。

「ええー、意地悪だな。教えてくれないんだ」

「だってその方がワクワクするだろう？　きっと伊里弥も喜ぶから。ほら列車が来たよ」

その人物が来たら喜ぶとはいったい。伊里弥は首を傾げる。ここでの知り合いなど限られている。セルゲイの言い方からすると、どうやら伊里弥の知り合いのようだけれど心当たりはない。

なんとなく心に引っかかるものを覚えながら列車に乗り込んだ。

出発地点の街までは列車とバスで移動する。移動だけで一日かかると聞き、さすがシベリアだと苦笑した。けれど、まるで遠足のように楽しくて時間など気にならない。列車だってかなり長く乗っていたのだが、とてもそうは思えないほどあっという間に時間が過ぎていった。

列車を降りてから、バスの乗り換えまでしばらく時間がある。休憩がてら昼食にする。

「さあ、休憩したら出発よ」

街の食堂で昼食を摂り、荷物の点検をした。

だがなかなか例の《あとひとり》がやってこない。バスが出発する時間までいくらもないのに、と伊里弥はやきもきするが、周りの人間は焦る気配がまったくない。

これがお国柄か、そう思っているとやっとその人物が現れた。

「ディーマ！」

思ってもみなかった人の姿に伊里弥は驚き、大声を出した。

ディーマはちらと伊里弥に目線をくれただけでガイドの方へと歩いていき、なにやら話をしている。

「どう？　びっくりした？」

セルゲイが伊里弥に耳打ちするように話しかけてきた。

「びっくりっていうか……その、どうしてディーマが」

まさかディーマがこのツアーに参加するとは思わなかった。彼は忙しいということだったし、それに友達というわけではない。なにより伊里弥が話しかけてもろくに相手もしてくれない。そんな彼がやってくるなんて。

「彼はこのあたりの山をよく知っているんだよ。だからガイドのアシスタントにと思ってね。話を持ちかけたら快《こころよ》く承諾してくれたし。……伊里弥だって彼と話がしたかったんだろ？　随分彼を意識していたみたいだったから」

「そうだけど……でも」

そんなことならあらかじめ言ってくれたらいいのに、と伊里弥は思ったが、セルゲイたちはきっとサプライズにしたいと考えたのだろう。なにしろこれは伊里弥の歓迎会も兼ねているのだ。

「まあ、彼は魅力的な人だからね。伊里弥も仲よくなるいい機会だと思って」

ね、とセルゲイに笑顔を見せられると伊里弥は頷《うなず》くしかない。

「……ありがとう、セルゲイ。そうだね、友達は多いに越したことはないし。ディーマとも仲よくなれるといいけれど」

「ああ、そうだね。ぼくも彼とはちゃんと話をしてみたいと思っていたから、うれしいんだ。——あ、そろそろ時間のようだよ。さあ、行こう」

セルゲイに促《うなが》され、伊里弥は荷物を持って席を立った。

そうだ、セルゲイの言うとおりだ、と伊里弥は思い直す。ディーマはこのツアーで一緒に行動している限り逃げることはない。数日間は一緒にいるのだし、きっとゆっくりと話ができる。

そうしたら、キスのことも——。

「伊里弥！　出発よ！」

タチアナが手を振って伊里弥を呼んだ。

「はーい！　今行くよ！」

伊里弥は皆が集まっている方へと歩き出した。


行程は、四泊五日。今日はまず山の麓《ふもと》にあるツーリストセンターまでバスで移動する。そこで今日は宿泊して、トレッキングをスタートするのは明日の朝だ。

到着したツーリストセンターは川のほとりにあった。雄大な自然のはじまりに相応《ふさわ》しく針葉樹林の入り口にある。

川の流れる音と、木々の葉擦れ、それから鳥たちの声が耳へやさしく流れてくる。

これだけでも十分美しい景色だというのに、あの山の中はどれだけ素晴らしいのだろう。

伊里弥の心はざわざわと落ち着かなくなっていた。

「うっわ、きれい……！」

ふらふらと導かれるように足が勝手に山へ向かいそうになる。

深い緑色をした針葉樹林、高い山にしかない草花。地面にひっそりと咲いている紫の小さな花はスミレの仲間だろうか。そして遠くに見える雪に覆われた尾根《おね》。それらを見ると、なぜか懐かしさのような不思議な感覚が急にこみ上げてきた。同時に胸の奥が締めつけられるように切ない感情も湧き起こる。

「どう……して？」

思わず伊里弥がそう呟《つぶや》いたのは、自分の目からぽろぽろと涙がこぼれだしたからだ。

悲しい、切ない、またうれしい、そんな様々な感情がない交ぜになって胸がいっぱいになる。そうして伊里弥の中の感情という感情がこぼれ出すかのように涙が止まらなかった。

自分でもコントロールできないほど、伊里弥の頭の中は混乱した。わなわなと唇を震わせ、口から漏れそうになる嗚咽を堪える。

伊里弥は両手で顔を覆って、その場にしゃがみ込んだ。

「伊里弥？　どうしたの？　気分でも悪い？」

タチアナが駆け寄ってきて声をかけてくれる。が、伊里弥には首を振ることしかできない。伊里弥自身にもわからないのだ。

「ううん、違う。……大丈夫……大丈夫だから。でも……なんでこんなに泣けるんだろ」

突然泣きだした伊里弥にタチアナはおろおろとするばかりだった。

「来い」

そのときいきなり伊里弥の手を引いたのはディーマだった。彼は伊里弥を立ち上がらせたかと思うと、どこかへ連れていこうとする。

「なっ、なに?」

「いいから。黙ってついて来い」

べそべそと泣いている伊里弥の手を引き、ずんずんとディーマは歩いていく。

ようやく立ち止まったのは森の入り口だった。

そこはかなり緑の匂いが強く、むっとするほどだったが、ディーマに「ゆっくり深呼吸してみろ」と言われ、言うとおりにする。

深く息を吸うと、清々《すがすが》しい爽やかな香りが胸一杯に広がり、気持ちが落ち着いてきた。混乱していた頭の中もすっきりとしてくる。

「どうだ」

ぶっきらぼうなディーマの声だったが、なんとなく優しく聞こえる。

「……ありがとう。……ちょっと落ち着いてきた」

「そうか。木の香りはリラックスの効果があるからな、深呼吸するとだいぶ違うはずだ」

「うん。……でも……なんで、おれ……」

泣いたんだろう、と言うとディーマが口を開いた。

「興奮していたからだな。おまえはずっとはしゃいでいただろう。気持ちが高ぶっただけだ」

ディーマの言うことはもっともだった。説明されると不思議でもなんでもない。そうか、と伊里弥が納得しているとぼそりとディーマが呟いた。

「……やはりこの森はおまえを呼んでいるのか」

それは聞こえるか聞こえないかくらいの小さな声で、しかも早口だったが、しっかりと伊里弥の耳は捉《とら》えていた。どうにもディーマの言うことはよくわからない。

彼独特の比喩《ひゆ》表現なのか、それとも自分の語学力のせいなのか。

しかしこの森が伊里弥の気持ちを落ち着かせることは確かだ。

時折風が木の葉を煽《あお》り、それが立てる葉擦れの音と、風が運んでくる緑の匂い。それは不思議なほど伊里弥を安心させた。

「……気分は？」

「もう大丈夫。不思議ですね、ここにいるとすごくほっとします。まるで昔から知っているみたいな気がする。はじめて来たのに」

「…………」

ディーマはなにも言わず、すたすたと歩き出した。怒らせてしまっただろうか、と伊里弥はディーマのあとを追う。

「ディーマ？　おれ、なにか変なこと言いましたか？　言ったなら謝ります」

「いや、別に。ほら、おまえの友達が心配している。早く行ってやれ」

ぶっきらぼうにそう言って、ディーマは皆がいるのとは別の方へと歩いていく。

「ディーマ……！」

伊里弥はそのままディーマについて行きたかったが、セルゲイたちの姿が見えて諦めた。ディーマの言うとおり、彼らに心配をかけてしまったから、大丈夫と言って安心させる方が先だろう。

大きく息をついてセルゲイたちのいる方へと足を向ける。伊里弥のその背を、ディーマがじっと見つめていることにはまるで気がつきもしなかった。

トレッキングのスタートは早朝だ。

日中はそれなりに暑くなるとはいえ、やはり朝晩の気温は低い。山となるとそれは顕著《けんちょ》で、着込まないと風邪をひきかねなかった。山歩きだから長袖長ズボンにしたが、思っていたより気温が低いため一枚多く着る。

昨夜泊まったツーリストセンターの宿を出発すると、川伝いに山道を上っていく。この川の先に美しい湖があり、今日はそこでキャンプの予定になっていた。

鬱蒼《うっそう》と茂る草木の間にある山道をゆっくりと歩いた。様々な草花や鳥たちに伊里弥はいちいち感激する。

「伊里弥、これはジャムにすると美味しいのよ」

タチアナが低木の赤い小さな果実を指さす。コケモモだろうか、それともスグリの仲間か。実家の近くでも似たような実のなる木があって、そういえば近所の人にジャムをもらったことがある。

「生でも食べられる?」

「食べてもいいけれど、食べ過ぎるとお腹壊すわよ」

クスクス笑うタチアナに伊里弥はスタートしたばかりで腹を壊すのはいやだな、と伸ばしかけた手を引っ込めた。

コースはセルゲイが言っていたとおり初心者コースとうたうだけあって、さほどきついものではない。しかしそうはいっても山道だ。ゴロゴロした石が地面に転がっているし、あたりには掠《かす》めただけで手を切ってしまいそうな草木の葉が生い茂っている。

油断すると捻挫《ねんざ》や怪我《けが》をしかねない。

とはいえ、木漏れ日が降り注ぐ中を歩くのはとても気持ちがいい。

額に汗しながら、また皆とお喋《しゃべ》りを楽しみながら伊里弥は針葉樹の林の中を歩き続けた。

距離としては十二、三キロくらい、と言われたがなにしろ山道だ。普段運動不足の伊里弥にはかなり堪《こた》えた。午後になってようやく目的地である湖へたどり着く。

それはとても素晴らしい景色だった。

なだらかで透明の湖はあらゆるものを鏡のように映し出す。

「すごい……！　すごいよ！」

空の青い色や、森の緑をそのまま映したような水面は息を飲むほどの美しさである。

「気に入ってもらえてよかった！　ねえ、セルゲイ」

「ああ、本当に。企画した甲斐《かい》があったよ」

確かに伊里弥が生まれ育った北海道も素晴らしい自然の宝庫だけれども、それとはまったくスケールの異なる美しさにひどく興奮した。そしてこの絶景を見せてくれた友人たちの思いやりがとてもうれしい。

「本当にうれしい！　ふたりともありがとう！　一生の思い出になるよ」

はしゃいだまま伊里弥はセルゲイとタチアナに抱きついた。

そのときだった。

「きゃっ！」

少し離れたところで悲鳴のような声が上がった。

伊里弥たちは声に驚いて、そちらの方へ顔を振り向ける。

「どうした⁉」

見ると、タチアナの友達だという女の子が森の方を見ながら顔を青くしている。

皆、慌てて彼女の許へ駆け寄った。

「どうしたの？」

タチアナが心配そうに聞く。

「あそこ……そこ……に虎が……」

彼女は指さしながら、わなわなと体を震わせている。誰もが神妙な顔をして、指さした方を一斉に見た。

「虎？　どこに？　虎なんかもうここでは絶滅しているはずよ」

「でも……！　黄金の……金色の大きな虎が……！」

虎がいた、という方向を皆で見たがなにも見つけることはできない。虎がいたというなら大事だが、そんな気配は微塵《みじん》もなかった。

「なにかの見間違いじゃない？　だって虎はもうここにはいないって言われているでしょう？　絶滅したって。いるならきっと大ニュースになっているわよ」

タチアナの言うことに、ガイドも同意した。

「長年ここを案内しているが、虎は未だかつて一度も見たことがないよ。まだかろうじて生存しているユキヒョウだって、ここよりもっと奥の方にいるはずだ。おまけにいくら虎が広い範囲を動き回れるとはいえ、まさかアムール川の向こうからここまでは来ないだろう。それに黄金の虎というなら、それはベンガルトラだ。ここらにいたのはアムールトラ——シベリアトラだし、考えづらいね」

それは伊里弥も知っている。

黄金の虎は現在わずかしか確認されていない。ましてや現存する黄金の虎とシベリアに分布している虎とは種が異なるのだ。

いわゆる黄金の虎——ゴールデン・タビー・タイガーと呼ばれるそれはベンガルトラの白化《はくか》種である、ホワイトタイガーがかけあわされたことによるものだという。

だがここいらにいたのはアムールトラ、もしくはシベリアトラと呼ばれる種であった。だから根本的に種が異なっている。

とはいえシベリアトラの白化した種もいたとは言われている。だとすればベンガルトラから派生したゴールデン・タビー・タイガー同様、アムールトラでも金色の種が生まれることはあり得ないことではない。けれどそれもはっきりした証拠はなかった。

いずれにしてもここで虎を見た、また黄金の虎、というのは考えられないと言っていい。

皆にそう説明を受けて彼女は「そうなのかしら……でも……」と首を傾げていた。だが最後には納得したようだった。


虎が出たかもしれない、というのは思ったより皆を神経質にさせていた。

テントの設営をした後、暗くならないうちに夕食を摂ったが、誰もがそわそわと落ち着かない。あたりをきょろきょろ見ながら、おそるおそる動いていた。

「いるわけない、って思っていてもやっぱり不安なんだね」

そう伊里弥が言うと、セルゲイが苦い顔をする。

「そりゃあね。まったくいなかったわけじゃなくて、昔はいたわけだから」

「そうだよね」

そういえば、と伊里弥はあたりを見回した。ディーマの姿がさっきから見えない。夕食のときにはいたけれど、それから姿を見なかった。

「ねえ、セルゲイ、さっきからディーマの姿が見えないんだけれど」

「ディーマ？　ああ、そういえば。まあ彼のことだからひとりにでもなりたいんじゃない？賑《にぎ》やかなのが好きじゃないみたいだし」

「うん……そうだよね」

「それより、そんなに気になっているってことは、タチアナが言っていたのは案外図星ってこと？　さっきから伊里弥ってば全然落ち着かないみたいだし」

やぶ蛇《へび》だった、と伊里弥が溜息をついた。今度はセルゲイまでよからぬ想像をしているらしい。誤解されるようなことをしているから仕方がないが、ちょっとだけ参ってしまう。

「違うって。ちょっと気になることを言っていたから……」

「気になる？」

「そう。……おれ、ディーマの言うことがよく理解できなくって。きっとおれのロシア語の勉強が足りないせいだと思うんだけど」

「そんなことはないと思うけど。伊里弥はぼくたちと遜色《そんしょく》なく話をしているだろう？　理解できないってなにが？」

「う……ん。……ごめん、妙なこと言って。きっとおれの聞き間違いかなんかだと思うから」

伊里弥は話をごまかした。なんとなくセルゲイには言いたくない。ディーマとの会話は自分だけのものにしておきたかった。

きっとそれを言うとまた誤解を生むだろうけれど。

「あ、ちょっとその辺歩いてくるね」

「ディーマを捜しに行くの？」

セルゲイに聞かれ、曖昧《あいまい》に笑って立ち上がった。セルゲイはやれやれと言わんばかりに肩を竦める。

「あまり遅くならないようにね。懐中電灯は持った?」

伊里弥は頷いて、湖の方へ足を進めた。

懐中電灯であたりを照らしながら、水辺へ向かって歩いていく。皆のいる場所が遠ざかり、たき火の火だけが小さく見える。

夜の湖はまるで墨《すみ》でも流したのかと思うほどあたりの闇を吸い取って真っ黒い色に染まっていた。

ざり、と水辺の砂を踏みしめ伊里弥は水際まで近づく。

静かな水のさざめきが伊里弥の鼓膜《こまく》を撫でるようにして聞こえる。しんと静まり返った山はどことなく厳《おごそ》かで、この闇の中にひとり立っていると、どこかへ体ごと連れて行かれそうなほど神秘的だった。

かろうじて踏みしめている砂の感触があるから、地上にいるのだと思えるが、時折ふっと意識が闇の中に落ちていきそうになる。

「?」

伊里弥は耳をそばだてた。

水音に交じって、なにか違う音が耳の中に入ってくる。水の音でもなく、葉擦れの音でもなく、また遠くのセルゲイたちの声でもない。かなり異質なその物音は伊里弥の背筋を伸ばさせるには十分なほどだった。

伊里弥はその音の正体を探るように、神経を耳に集中した。

「鳴き声……？」

それは獣の遠吠えのように聞こえる。自らのたてる音すら邪魔とばかりに伊里弥は僅《わず》かも動かず、ただじっと耳をこらす。

「え……犬……？　いや、違う……」

オオーン、という声が犬のようだと思ったが果たしてこんなところに犬がいるのだろうかと伊里弥は考えた。

はっ、と伊里弥は目を見開く。

狼《おおかみ》、と咄嗟に伊里弥の頭の中をその動物の名が過ぎった。さっきの虎の話ではないが、この山で生息していた猛獣のうち絶滅したものは確かに多い。しかし狼はまだこの山で生息が認められている。

虎は現実的ではないとはいえ、狼はかなり現実的だった。

その鳴き声はやがてはっきりと聞こえてくるようになった。もしかしたら近づいているのかもしれない。

皆に伝えなければ。

伊里弥は踵《きびす》を返すと、必死にテントを張っている場所へ駆け戻る。

「セルゲイ！　タチアナ！」

はあはあと息を切らし、皆のいるところまで急ぎ戻ると、狼らしい鳴き声のことを伝えた。ガイドにも、近づいているようだと話す。

だが、皆揃《そろ》って「大丈夫」と伊里弥の話に耳を貸さない。

「一晩中たき火もしているし、それに狼が見られたという報告があったのはもっと山奥だ。きみの心配は杞憂《きゆう》だよ」

そう言って取り合わなかった。

山に詳しい人が言うならそうなのだろうと思うが、伊里弥の胸に嫌な予感が広がる。

「伊里弥は日本人だから、繊細《せんさい》なのよ。まあそういうナイーブなところがいいのかもね」

茶化したような口調でタチアナが言い、笑った。が、伊里弥の顔は緊張に強《こわ》ばったままだ。

「……！」

ほら、また。

遠吠えがはっきりと聞こえた。その声に皆もいくらか体を強ばらせ、互いを見やる。

「え……なんなの……」

ここに着いてすぐに虎を目撃したと言った子が「やっぱりなにかいるのよ！」と金切り声を上げた。

「落ち着いて。大丈夫だから。念のためたき火をもっと大きくしよう。薪《まき》を持ってきて」

ガイドが指示をする。

誰もが皆視線を泳がせていた。山奥ならともかく初心者向けのトレッキング・コースで狼なんて聞いたことがない。

まだ夏で、食料が不足してはいないはずだ。今年は作物の出来もいいし、それを食べる小動物も少なくないだろう。だとすれば狼はそう飢えてはいないと考えられる。

だがそれは甘い考えだったとすぐに思い知らされる。

突如伊里弥の近くにある茂みががさりと音を立てた。

「――っ！」

茂みの合間から顔を覗《のぞ》かせたのは、ギラギラとした眼光を持つ獣だった。闇夜の中でぎらりと光る目、犬に似た唸《うな》り声。光る目の位置から大型犬くらいの大きさの獣だと判断する。伊里弥はそれを見て狼だと直感した。

（狼……!?）

動物園でしか見たことのない生き物が伊里弥からほんの僅か離れただけのところにいる。

狼、と思《おぼ》しき獣は、低い唸り声を上げ、威嚇《いかく》するようにゆっくりと伊里弥たちのいる方へと足を向けた。

近づいてくるにつれ、たき火の明かりが獣の姿を浮かび上がらせる。やはり狼のようだ。

耳が少し欠け、前脚に大きな傷跡があってそこだけ体毛が削《そ》がれている。冷静にあたりを窺《うかが》っている目にはなんとなく知性すら感じられた。

彼らは群れで行動すると言われているが、今目の前にいるのは一頭だけだ。だがもしかしたら近くに他の個体もいるのかもしれない。

伊里弥の頭はパニックに陥《おちい》り、なにも考えることができなくなった。真っ白い思考でただ体を硬直させて立ち尽くすだけだ。

「キャーッ！」

周りにいた皆も咄嗟に動くことができないようである。

「逃げろ！」

誰かの声がするなり、皆一目散に走って逃げた。それぞれ荷物の中にナイフは入れているけれども、身につけている者はほとんどいないだろう。それに自ら狼へ攻撃を仕掛けるのは無謀なことだ。逃げることしかできない。

伊里弥もその声でやっと正気に戻り、その場から逃げ出す。が、逃げるのが他の者たちに比べ遅かった。あっという間に狼が駆け寄ってくる。伊里弥はあとずさりするが、つまずいて転び、尻餅をついた。

転んだ際に手をついた先が鬱蒼とした草の茂みだったため、大きな怪我はしなかったものの、手のひらになにかちくちくとした植物の細かい棘《とげ》が刺さる。

「いつ……っ！」

だが、この棘の不快感をいちいち気にしている余裕はこれっぽっちもなかった。

狼がのそりと体を動かし、伊里弥を睨みつけて低く喉を鳴らす。

このますぐに立ち上がって、走り出して逃げる、というのはいくら敏捷《びんしょう》な人間でも無理だろう。その前にこの獣が飛びかかってくるに違いない。

せめて護身用にナイフくらい身につけておくのだった、と思ったがあとの祭りだ。どうしたら、と伊里弥はパニックに陥る。

伊里弥は目を瞑り、もうだめだ、と観念した。

狼はじろじろと観察するような視線を伊里弥へ向けながら、ゆっくりと足を進めた。

伊里弥は持っていた懐中電灯を胸の前でぎゅっと握り直した。飛びかかってきたらこの光を狼の目へ当てれば、そう思ったのだ。しかし直後に狼が伊里弥へ襲いかかってきた。

今度こそもうだめだ。

そう思った瞬間だった。大きな影が伊里弥の目の前を掠めた。

「！」

その影は向かってくる狼へと飛びついて体当たりをした。狼は撥《は》ね飛ばされ、草むらへ転がる。キャン、と悲鳴が上がった。

伊里弥は突然のことに驚き怯《おび》えながら、けれどその大きな影の正体がなんなのか、目をこらして見つめる。

それは狼を遥かに凌《しの》ぐ体躯《たいく》の獣だった。闇夜で目が慣れたとはいえ、暗がりではっきりとした色まではわからないが、しなやかなシルエットは狼とは異なる種類のものだ。美しい動きのそれは……。

「と……虎……!?」

体に特有の縞《しま》模様を持つその動物は、どこからどう見ても虎としか思えない。

来て早々に目撃したというのはこの虎だったのか。あのときは皆一笑《いっしょう》に付《ふ》したが、やはり存在していたのだ。

絶滅したと思われていた獣の存在は、伊里弥をさらに動転させる。またそれだけではない。狼に虎、と猛獣が次から次へと現れ、恐怖するばかりだった。

だが、狼と虎が組み合っているというなら、逃げるのは今しかない。

伊里弥は立ち上がって走り出す。この場をやり過ごせるならもうどこでも構わない。ただ闇雲に逃げ出した。

あまりの怖さに目を瞑り、必死で足を動かす。走って行った先が小さな崖《がけ》になっていることをまったく知りもしないで。

「うわっ！」

踏み出した場所に、地面がないと気づいたときには伊里弥の体は転がり落ちていた。

「いっ……つ……ぅ……」

幸い、高さのない崖だったのと、落下した先がみっしりとした茂みだったおかげで、骨折や捻挫はないようだ。

とはいえ、尖《とが》った枝でもあったのだろう、ふくらはぎがざっくりと切れていた。かろうじて握りしめていた懐中電灯のスイッチをつけ、確認すると、かなり血が流れていて伊里弥は眉《まゆ》を顰《ひそ》めた。

平らな地面へ体を移動させて自分の体をあちこち観察した。歩くたびに傷口がズキズキと痛み、血の流れる感触が不快だったが動かせるだけましだ。

見ると、ふくらはぎの他にも大小取り混ぜての切り傷や擦り傷が、ざっと見ただけでも体中にある。それでも狼がここまでやってこなかったことには安堵《あんど》した。

「……結構深いな、これ」

止血《しけつ》した方がいいか、と破けたズボンに手をやったときだった。

草むらを踏みしめる音が聞こえたかと思うと、伊里弥の正面に現れたものがあった。

目に入ってきたのは先ほど狼を蹴散《けち》らした虎だった。思わず持っていた懐中電灯を伊里弥は地面に落としてしまい、それはころころと虎の方へ転がっていく。

そうして懐中電灯の明かりが虎の姿をはっきりと浮かび上がらせた。

それはこの上なく美しい虎であった。輝くような金色に薄墨《うすずみ》のような色合いをした縞模様の毛皮をまとい、見たことがないほど大きく堂々としたその生き物は、ひれ伏したくなるような威圧感をまとっていた。

こんなにきれいな虎がいるなんて。

伊里弥は思わず見とれる。

これまで見た、どの獣よりも美しいと伊里弥は感じた。動物園に通い詰めていたせいで、幼い頃から動物は見慣れているが、その中でも群を抜いている。

きっと動物園などで見たならば、素直に素晴らしいと感嘆の息をついたことだろう。

しかし今はそんなのんびりした状況ではない。息をつくどころか、息が止まりそうなほど伊里弥は恐怖におののいていた。

狼には食い殺されることはなかったが、逃げ場所のない今はもうなすすべがなかった。

このままこの虎に食い殺されてもおかしくはない。虎は獲物である自分をここで食べるつもりだろうか。それとも巣穴に持ち帰るだろうか。

恐怖のあまり余計なことばかり伊里弥は考えてしまっていた。いくらかでも逃げるための算段をすればいいものを、恐怖が先に立つとそんなことはできなくなるらしい。覚悟というのと

も違う、ただ、怖さからの逃避だ。

「伊里弥」

突然どこからか自分の名を呼ぶ声があった。

誰か助けにきてくれたのか、と伊里弥はきょろきょろとあたりを窺う。だが、見えるのは真っ暗な闇とそして正面の虎だけだ。

虎はのそり、と動いて伊里弥の方へ歩み寄ると口を開く。

「伊里弥」

はっきりと、虎が伊里弥の名を呼んだ。人間の声で。

「……！」

どうして虎が自分の名を。

虎が人間の言葉を発したこともだが、それに加えて自分の名を呼ぶという、到底現実とは思えない出来事に伊里弥はただ表情を強ばらせ、体を固くする。

「少し待て」

虎はそう言うと、少し背を反らす。すると徐々に耳がなくなり、尻尾が消え、体からは長い体毛が消えていく。

ほんの数秒ほどで虎の姿は消え、代わって現れたのは人間の男性――。

「ディーマ！」

伊里弥はさらに驚いた。

なにがどうなっているのか。

虎に出くわしたことでさえ現実味がまるでないというのに、その虎が自分の知っているディーマだったことにただ茫然とするばかりだ。

伊里弥は座り込んだまま、じりじりとあとじさる。

「こっ、来ないで……！」

当然だがディーマは衣服を着ていない。だが彼はそんなことはまるで気にする様子もなく、どっかりとその場に座り込んだ。

「随分嫌われたみたいだな。……まあいい。おまえがおとなしくしていればなにもしやしない。これからまたおれはさっきの姿に戻る。そうしたらおまえはおれの背に乗れ」

ひくっ、と怖さのあまり伊里弥がしゃくり上げたのを聞きつけたのか、ディーマはぴくりと眉を上げた。そしてじろじろと伊里弥を見る。

「来ないと言うなら、ここでおまえの喉をかき切るだけだがな」

その言葉に伊里弥はぎょっとした。

「言っただろう。おまえがなにもしなければおれはおまえに危害を加えない。逆らえば、という話だ」

この状況下では、ディーマの言うとおりにしなければ命がなくなるというのは明白だ。

彼の意図が見えない以上いたずらに抵抗するのは得策ではない。おとなしくしていれば危害を加えないというのであれば、とりあえず言うことを聞くしかなかった。いずれにしても従うよりほかないのだ。

果たしてディーマという存在は一体なんなのだろう。虎なのか、はたまた人間なのか。次から次へと理解しがたいことばかりで、伊里弥は口を開くことさえできずにいる。

「聞いているのか?」

不機嫌そうにディーマが訊《たず》ねた。返事のない伊里弥に腹を立てているのだろうか。

「きっ、聞いてる……!」

「それならいい。ところでその怪我は?」

じろりとディーマに睨《ね》めつけられる。

「さ、……さっき落ちたとき……に、枝が刺さったみたいで……」

ぼそぼそと伊里弥が答えると、ディーマは横目でちらりと伊里弥が落ちた茂みを見、ああ、と納得したように小さく声を出した。

「まあ、骨折しなかっただけましだと思うんだな。……だが手当てが必要だろう」

ディーマはふんと鼻を鳴らした。

どうやら彼は伊里弥を怖がらせるつもりはないらしい。危害を加えないというのは本当のようだ。だが、手当てが必要と言われても伊里弥にはどうすることもできない。

口を閉ざしていると、今度はディーマが大きな息をついた。

「伊里弥」

そうしてしばらく黙ったかと思うと再び彼は伊里弥を呼んだ。

「乗れ」

そう言うや否や、ディーマの体は再び変化をはじめた。彼の体に尻尾が生え、つい今《いま》し方《がた》まで肌色だった皮膚は見事な毛並みをたたえる。

徐々に変わっていく彼の姿を伊里弥は息を呑み、まばたきもせずにじっと見つめた。

やがて完全に虎の姿をとると、ディーマはくいと顔を背の方へ向ける。どうやら乗れということらしい。

伊里弥は意を決したように立ち上がると、痛む足を引きずってディーマのところへ歩み寄る。そうして自分の腰ほどの高さにあるディーマの背に手を触れさせた。

柔らかな毛並みと温かな体温にいくらか緊張が解ける。ゆっくりと背を撫でると彼の尻尾がゆるりと動いた。

「伊里弥」

急《せ》かすようにディーマが言う。

「う……ん、わかった」

伊里弥は彼の背に跨《また》がる。体の大きな彼に乗るのは痛む足では骨だったが、必死でよじ登った。

「落ちないようにしがみついていろ」

走るぞ、と彼は言うなり地面を蹴った。

あっという間に彼はぐんと加速する。虎は時速五十～六十キロメートルで走ると言われているが、そのくらいのスピードが出ているのだろう。

その勢いで伊里弥はディーマから落ちそうになった。

「うわっ！　わわっ！」

慌てて姿勢を低くしてぎゅっとディーマの背に抱きつくようにしがみついた。

「だから言っただろうが。落ちるなよ」

小馬鹿にしたようなディーマの声に伊里弥はむっとしたが、今はこの背から落ちない、ということに神経を集中させなければならない。手を放そうものならあっという間に振り落とされてしまう。

ここから落とされたら、このスピードだ。それこそ伊里弥の命も危うい。

伊里弥はディーマの背に乗せられ、森林を駆け抜けた。

トウヒやマツ、モミなどの木々の間を滑るように擦り抜け、通りすぎていく。木の葉の爽やかな香りが鼻腔《びこう》をつき、頭の中がすっと冴え渡るようだった。

長い長い間、そして長い長い距離を彼は伊里弥を乗せてひた走る。

しばらく走り続けていると、背に乗っている伊里弥もそのスピードに慣れ、いくらか余裕も出てくる。そして気づいた。

月が——そういえば、今日は月が出ていない。

月の浮かばない空を仰《あお》ぎ、伊里弥ははっとする。今晩が、新月の夜だったのだ。

（ディーマが新月の夜って言っていたのは……今日……？）

空港で、伊里弥にキスと共に告げた謎のひと言はこのことだったのだろうか。

＊＊＊

空が白々《しらじら》と明けてきた。いつまで彼は走り続けるのだろう、と伊里弥は次第に心配になる。

虎は本来長いことスピードを出して走り続けられるような生き物ではない。瞬間的にかなりの速度を出せるが持続ができないという。だが、ディーマはかなりの速さで、ずっと長い間伊里弥を背に乗せ、駆けている。

日の光を浴びたディーマの毛並みはまさしく金色で、暗がりで見たものとはまったく違う。

これまで動物園などで見ていた虎とは異なり圧倒的に美しかった。

「ディーマの体、すごくきれいだ」

何気なくそう言葉をこぼすと、ディーマは当たり前だとでも言うように喉を鳴らした。

木立の合間から朝日が差し込み、眩《まぶ》しいと伊里弥は目を細める。

そのすぐあとだ。

再び目を開いたとき、目の前に広がったのは色とりどりの花が咲き誇る、広大な花畑だった。

「あ……」

花々は朝のやわらかい光に照らされ、また朝露に濡れてさらにみずみずしく輝いている。赤や黄、橙《だいだい》、青に紫。まるでそれぞれが色を競っているかのように、一面に敷き詰められていた。

「すごい……！　こんな場所があるなんて」

伊里弥は感嘆の息を漏らす。

「気に入ったか」

「もちろん！　すごくきれい……！」

「それならいい」

ディーマは満足げに言うと花畑の真ん中で足を止めた。てっきり伊里弥の感激する声を聞いて立ち止まったのかと思ったのだが、そうではなかった。

止まった途端、あたりからたくさんの虎が姿を現す。そうして伊里弥を乗せたディーマを囲むように集まってきた。

ざわめく虎たちの視線は伊里弥にも集まる。だがそれはたいそう冷たいものだった。ひそひそ声であからさまな嫌みを言ったり、また嘲笑するような声も聞こえる。

中には「裏切り者」と罵《のの》る声もある。なぜそのようなことを言われなければならないのか。

伊里弥はその視線や声に耐えられず、泣き出したい衝動に駆られる。

「黙りなさい！　誰の前だと思っているんですか！」

威圧感のある、よくとおる声が聞こえ、ざわめきはその瞬間ぴたりと止まった。

「おかえりなさいませ」

ディーマと同様、やはり人間の言葉を話す白い虎がゆっくりと伊里弥とディーマの許へ歩み寄ってきた。ディーマよりいくらか低めの男性の声だ。

「そちらが」

ちらと伊里弥へ顔を向ける。

「ああ、ようやく見つけた。さすがに人間たちの間に長いこといると少し疲れる」

そう言うと、ディーマは伊里弥を花畑の上に下ろして座らせた。

「ようこそ。先ほどはわたくしどもの仲間が大変失礼いたしました。代わってお詫《わ》びいたします。後ほど皆にはきちんと言い聞かせますので、なにとぞご容赦《ようしゃ》を」

慇懃《いんぎん》な態度で無礼を謝る。

「いえ……ただびっくりしただけで……」

「それはそうでしょう。……おや、怪我をなさっているようですね」

白い虎は見るなり、足の怪我に気づく。のそりと伊里弥の側へ寄ってくると「痛みますか?」と聞いた。

「……はい」

びくびくしながら伊里弥が頷くと「後ほど手当てして差し上げましょう」と伊里弥を安心させるためか、目線を合わせるようにゆっくり体を低くした。

「あとはお任せを」

「ああ、頼む」

疲れた、とディーマは言い、そのまま伊里弥を残して体を翻《ひるがえ》す。

「かしこまりました」

白い虎がうやうやしく頭《こうべ》を垂れると、ディーマはそのまま立ち去ってしまった。

だが伊里弥はというと、わけがわからず、たくさんの虎に囲まれてただ怯えるばかりだ。

「安心なさいませ、伊里弥様。さあ、どうぞわたしの背に」

白い虎が優しく声をかけて、自分の背に乗れと言ってくる。

躊躇《ちゅうちょ》していると「遠慮なさらずに。お休みになれるところにご案内いたしますので」と伊里弥が乗りやすいようにさらに姿勢を低くした。

「ありがとう。それじゃあ……」

伊里弥が白い虎の背に乗ると、ゆっくりと彼は立ち上がり、静かに歩きはじめた。

「お疲れになったでしょう」

「少し。一晩中走っていましたから。……でも、おれはずっとディーマの背中に乗っかっていただけだし。ディーマはかなり疲れていると思うんですが。平気かな」

ディーマの背から降りた途端、どっと疲れが出たような気がする。きっと乗っている間は緊張していたから疲れはさほど感じずにいたのだろう。しかし、伊里弥は乗っているだけだった。それよりもディーマの方だ。なにしろ一晩中走り続けていた。疲れないわけがない。

「大丈夫ですよ。あの方はこのくらいのことは平気ですから。とても強いお方なので」

この白い虎の話し方はとても安心する。穏やかで優しい声音《こわね》は、冷たく邪険な態度をとるディーマとは大違いだ。

「そうなんだ。……ねえ、聞いてもいい？　きみたちは――」

虎なのか人間なのか、と訊ねようとしたが、白い虎に「後ほどきちんとご説明申し上げます。まずはその傷の手当てをいたしましょう。そのままでは化膿《かのう》してしまいますからね」と先回りされた。

伊里弥は白い虎の背に乗ったまま、花畑から少し離れた、ひときわ大きな岩穴へと通された。そこは一見ただの岩穴だったが、奥が深く長い通路のようになっている。暗い通路を通り抜けて伊里弥は目を瞠った。通り抜けた先に大きく立派な宮殿があったからだ。

「ここは……？」

昨日からびっくりすることばかりが続いている。一体どれだけ驚けばいいのだろう。

それにしてもまさかこのような山奥の、それも岩穴の奥にこれほどの建物があるとは思わなかった。誰が建てたのか、どうやって建てたのか。あの栄華を極めたロマノフ王朝の宮殿のような建物に圧倒されるばかりである。

王朝がこんなところに宮殿を作り上げたという話は聞いたことがない。王朝が全盛の当時、極東の都はイルクーツクで、それはここよりももっと東だ。馬が走れる道のない山奥で、しかも岩穴の奥では別荘というわけでもないだろう。

まるで童話のような現実味のない出来事に、伊里弥は息を呑むしかなかった。

「ディーマの宮殿です」

白い虎は落ち着き払った声でそう伊里弥に告げた。

「ディーマの?」

「ええ。彼はわたしたちの王ですから」

「王……。王様ってこと?」

はい、と彼は答える。

「アルタイの山では、なにより強い獣が王となります。それがディーマなのです。彼はこの山のどの獣よりも強く気高い」

獅子《しし》や象の棲まないこの山では一番力の強い獣は虎であり、その虎の中でもディーマはぬきんでた存在だという。

「これ以上は説明が長くなりそうですね」

白い虎の背に乗ったまま長話というのも気が引けてしまう。彼だっていつまでも伊里弥を乗せたままではいたくないだろう。

「じゃあそれもあとで説明してくれますか？」

少し考えた末に伊里弥は聞いた。

もっと質問したい気持ちは大いにある。けれど先ほどきちんと説明すると彼は言った。おそらく、今訊ねたところであとでと返ってくるに違いなかった。

「ええ。もちろんですよ。伊里弥様が知りたいことは手当てが終わりましたらなんなりとお答えしましょう」

くすりと彼が笑ったような気がした。

「ねえ、今、笑った？」

「すみません。少し昔を思い出しておりましたので。昔も今のあなたと同じようなことをおっしゃる方がおりましてね。それで」

「ふうん……」

話がまったく見えないのは、今にはじまったことではない。ここに来てから……というか、ディーマにはじめて出会ったときから、なにもかも、まるで話がわからないのだ。伊里弥はなんとなく投げやりな気分で曖昧に返事をした。

「こちらでしばらくお待ちください」

アプローチを抜けると気品のあるファサードが見える。玄関の重厚な扉が開けられ、玄関ホールへと通された。きらびやかな装飾に目を瞠る。まだこの目では見たことはないが、写真集などで見たエルミタージュ美術館のような甘美さをたたえている。そこに設《しつら》えられているソファーに伊里弥は下ろされた。マホガニーの手すりに上等なベロアの座面。座るのがもったいないくらいだ。

白い虎は、伊里弥があたりをきょろきょろと見回しているうちにどこかへ行ってしまった。

「あー……わけわかんない……頭混乱してるなんてもんじゃないし。どういうことなんだろ」

ぼそりと呟いたつもりが、広いホールに声が反響し、思いの外響き渡る。伊里弥は慌てて口を手で塞《ふさ》いだ。

（やば……っ、すごい響くし……！）

聞かれて困ることでもないが、やはり少しは焦ってしまう。これではここで内緒話はできそうにない。

はあ、と大きく溜息をついた。

ディーマは金色の虎になるし、連れて来られたところにも、喋る白い虎がいるしで伊里弥の頭はパンク寸前だ。

けれどもどうやら命を奪われる、といったような物騒なことにはならないようで、それだけはほっとした。

「伊里弥様」

声をかけられ、伊里弥が頭を上げるとほぼ銀髪に近いプラチナ・ブロンドの髪を持つ美しい青年が目の前にいた。目をぱちくりさせていると、「先ほどあなたをご案内した者でございます」と静かに一礼する。

「あなたがさっきの白い虎？」

「はい。ミハイルと申します。さきほどの姿ではあなたのお世話をするのにはなにかと不都合ですからこちらの姿で。驚かせてしまいましたね」

ミハイルと名乗った青年は苦笑し、肩を竦めた。

「正直なところずっと驚きっぱなしで、虎だったあなたが人間の姿になったところで今更驚かないというか……驚いてはいるんですが、驚き疲れたというか。この宮殿ものすごく豪華だし。とても虎が棲んでいるなんて」

伊里弥の困り果てているという表情に再びミハイルは苦笑した。

「まあ、そうでしょうね。すみません。ディーマはなにも言わなかったでしょうし」

伊里弥が頷くと、ミハイルは心底申し訳ないという顔をした。

「まずは傷の手当てをしましょう。歩けますか？」

「うん、大丈夫です。少し痛むけれど歩けないって訳じゃないし」

「では、こちらへ」

ミハイルは長い廊下の先にある部屋の前に立った。

「イリヤ様は当分こちらの部屋をお使いくださいませ」

ミハイルは部屋の扉を開けた。

伊里弥は部屋の入り口から、中を見る。広い部屋だ。大きなベッドにマホガニーのテーブル、そしてゆったりとしたソファー。

調度品も価値のあるものだと伊里弥にも一目でわかるものばかりで、入ることすら臆してしまう。

「どうぞ」

促されて、伊里弥はおずおずと部屋の中に入った。

「そちらへお座りください」

ミハイルはソファーへ座れと言う。仕方がなく伊里弥は言われるままにソファーに座った。

テーブルの上にはどうやら治療に用いるらしいと思われるものがいくつか並んでいる。包帯やハサミなどがあって、これから手当てをしてくれるようだ。

ミハイルは伊里弥の前に跪《ひざまず》く。

「わっ!」

「どうかなさいましたか?」

自分よりも明らかに年上だと思う人に跪かれるなんて。申し訳ない気持ちが先に立ち、伊里弥は思わず立ち上がった。

「だっ、だって、そんなことしてもらわなくても……！　自分でできますから！」

だがミハイルはにっこりと笑って言う。

「遠慮することはないのですよ。あなたはディーマがお連れした方なのですから」

「遠慮っていうか、だってこんなこと」

「伊里弥様、いいですか。素人《しろうと》ではこの深い傷は処置できませんよ。黙ってお任せください。さあ、座って。傷がひどくなるのはお嫌でしょう？」

ミハイルは、にこやかだが有無を言わせずといった口調で伊里弥に座るようにと促す。

伊里弥がしぶしぶ腰かけると、ミハイルは破けた靴下を脱がせ、やはり枝で裂けたズボンの裾《すそ》をハサミで大胆に切って、傷口を露《あらわ》にした。

あらかじめ用意してあった、大きなたらいに足を入れろと言われ、伊里弥はおとなしく足を入れる。

「いっ……つ……ぅ……」

ミハイルは伊里弥の傷口を水で洗い流した。傷を洗う洗浄用のボトルから出る水は案外勢いが強く、傷口にあたるとかなりしみて痛い。

「少し我慢してくださいね。きれいに洗わないと治りが悪いですから」

ミハイルは丹念に傷口を洗う。皮膚に食い込んでいた砂や小石が取り除かれ、きれいになったときにはたらいの水はいっぱいになっていた。

「思っていたよりひどいですね。……縫いましょうか」

「え⁉」

縫うって、と伊里弥はすっとんきょうな声を上げた。

「ご安心を。これでもわたしは医官――医師ですから。縫った方がすぐに治ります。では準備して参りますね」

ミハイルはてきぱきと、たらいや汚れたものを片付け、伊里弥を部屋に残して出ていった。

「医師？　虎が医者になれちゃうわけ……？」

がらんとした部屋の中にひとり残されると、身の置き所がないとばかりそわそわしてしまう。ひとり言でも言っていないとなんとなく落ち着かない。

ソファーに座ったままあちこちを眺め、はあと溜息をついた。

これから自分はどうなるのだろうという不安が伊里弥の中を埋め尽くしていた。しかし一晩虎の足で駆けてきた山奥では到底帰ることはできない。なにしろここがどこなのかすら皆目《かいもく》見当もつかないのだから。

落ち着かない気持ちのままミハイルを待っていたが、なかなか彼は戻ってこない。

「ここって……どこなんだろ……」

せめてスマホでもあったら、とは思ったが、そんなものはキャンプをしていたテントの中に置きっぱなしだ。しかしおそらくそんなものは役には立たないだろう。それくらい山の奥深くへ自分はやってきている。

「ミハイルまだかな……。うー、落ち着かない」

人気《ひとけ》のない部屋にいると余計なことしか考えない。

そのとき、コン、と微かな音が聞こえた。音のした方を見るとドアが少し開いている。ミハイルが閉め損ねていたようだ。するとその隙間から、ひょっこり顔を出した者がいた。とても可愛らしい少女だ。まん丸い目で、ピンク色をした頬がとても可愛い。好奇心でいっぱいという目で伊里弥をしげしげと見ている。

それを見て、伊里弥はぱっと顔を明るくする。

「こんにちは」

伊里弥はその少女へ声をかけた。

「こっ、こんにちは！　すみません！」

黙って見ていたことを悪いと思ったのか、彼女はぱっと逃げるように立ち去ってしまった。

「あー、怖がらせちゃったかな……悪いことした」

この館にはあんな少女もいるのだ。さまざまな者がここにはいるらしい。

再びノックの音がして、今度はミハイルが現れた。様々なものを載せたトレイを持っている。

「おや？　どうかなさいましたか？」

伊里弥の顔を見てミハイルが聞く。

「あっ、いえ……。今女の子がそこにいたものですから」

すぐ逃げちゃったけど、と言うとミハイルが苦笑した。

「小間使いの子でしょうね。すみません。お行儀が悪くて」

「そんなことはないんですけれど。ちゃんと挨拶してもらったし」

「悪気はないんですが、きっと伊里弥様がどんな方か見に来たのでしょう。なにしろあなたはディーマのお客様ですから、皆興味津々で……」

「はあ……」

確かに王様の客というのは興味を引くものだろう。見に来たくなる気持ちはわからないではない。

「——お待たせしました。では伊里弥様。さっさと終わらせてしまいましょう」

ミハイルが持っていたトレイを掲げる。そこには伊里弥も病院でよく見かけるようなものが入っていた。本当にこの傷を縫うつもりらしい。トレイをテーブルの上に置いたミハイルは細い注射器を手にすると、バイアル瓶から薬液《やくえき》を吸い上げた。そして消毒綿を手に取る。

「あっ、あのね、大丈夫だって、縫わなくても」

消毒薬のツンとする匂いを嗅《か》ぐなり怖くなって、伊里弥はミハイルに訴えた。

「伊里弥様」

迫力のある口調で名を呼ばれ、じろりと睨めつけられ伊里弥は「はい……」と肩をがっくりと落とし、しおしおとなって口を閉ざした。

「麻酔をしますね。注射は少し痛みを感じますが我慢してください」

言いながら、ミハイルは傷の周りの皮膚を消毒綿で清拭《せいしき》すると、拭《ふ》いたところのいくつかの箇所に注射した。

「……っ！」

痛い、とつい叫んでしまいそうになるほど注射は痛く、伊里弥は顔を顰《しか》める。麻酔がすぐに効き出したのか、皮膚に重いぼやんとした感覚が広がった。

「縫いますね」

そう言うなり、手際よくミハイルが傷口を縫い合わせはじめた。彼自身が医者というだけあって、その手技は見事だった。あっという間に数針縫合《ほうごう》してしまう。

「さあ、終わりましたよ。あとは念のため化膿止めに薬を飲んでおきましょうか」

渡された錠剤を手のひらに載せられ、伊里弥はまじまじとそれを見つめる。

毒だったらどうしよう、と伊里弥は躊躇する。しかし、こんなふうに傷の手当てをしてくれているのにいまさらこれが毒ということもないだろうと思い直す。

「大丈夫ですよ。毒ではありませんから」

クスクスとミハイルが笑う。

「おれの考えていることわかったんですか？」

「そりゃあ、眉を顰めて仇《かたき》のように薬を睨みつけていらっしゃれば。伊里弥様は全部お顔に出るようですし。わかりやすいですね」

ミハイルは涼しい顔で言った。

そうかなと幾分不満げに伊里弥は口をへの字に曲げたが、きっとこういうところがわかりやすいと言われるのだろう。慌ててぎゅっと唇を引き結ぶ。

「わたしの方はなにも気にしておりませんから。それよりそのお薬を飲んでくださいね。そうしたらお茶にいたしましょう。美味しいお菓子がありますよ」

まるきり子ども扱いだ、と伊里弥は少しムッとしたが、美味しいお菓子、という言葉に気を取り直す。

我ながら現金なやつだとは思うが、ゆうべからなにも食べておらず空腹なのだ。そこに美味しいお菓子と言われれば飛びつかないわけがない。

伊里弥はぎゅっと目を瞑って、口の中に薬を放り込んだ。

傷の手当てをした後、ミハイルの許可をもらい、伊里弥は体を洗った。絶対湯船に浸《つ》かるなと厳しい口調で言われていたから、しぶしぶ湯船に入るのは諦めたけれども。

着ていたものは汚れたり破れたりしていたためすべて処分されたらしく、着替えはルバシカのようなシャツとゆったりしたズボンが置かれている。

着替えが終わってすぐ、伊里弥は食堂に案内された。どうやらお茶を用意してくれたらしい。

繊細な細工のされた銀のサモアールがテーブルの上に載っていた。サモアールというのは簡単に言うと給茶器である。本体に燃料と水を入れ湯を沸かすことができる。本体には蛇口がついていて、そこから湯を出すことができるのだ。上にポットを載せられるようになっており、紅茶の入ったポットを温められるようになっている。ポットで淹《い》れた濃い紅茶を熱い湯で薄め好みの濃さで飲む。

湯を注ぐ蛇口には小鳥の装飾が施され、本体にはたくさんの小花の細工がされていて、とても高価なものだと思われる。

また、並べられたティーカップも銀だった。

銀の食器は毒が入っていないということを証明するために、身分の高い者が使用すると聞いている。しかしまさかそういう意図で並べたのではないだろう。

とはいえ銀のティーカップで紅茶を飲むのは初めてで、ピカピカに磨き上げられたカップにうっとりと見入った。

切り分けられた蜂蜜《はちみつ》ケーキと、クランベリーを砂糖でくるんだものが皿に載っている。どれも日本の菓子よりもかなり甘いけれど、この甘さが濃いめの紅茶と合うのだ。

「いかがですか？」

ミハイルに聞かれ、伊里弥は満足そうに「美味しいです」と答える。温かい紅茶と甘い菓子でようやくお腹も落ち着いた。

「お代わりをどうぞ」

ティーカップに茶を注がれ、皿に盛られたクッキーを差し出される。

「ありがとう。でももうお腹もいっぱいになってきたから。……あの、あなたとディーマってどういう……？　ただの家臣じゃなさそうだけれど。とても親しそう」

ディーマはミハイルを信頼しているようだったし、ミハイルもディーマに遠慮なしに話しかけている。その関係性はただの家臣とも思えない。

「部下ですけれども、その前にディーマとわたしは幼なじみでして。昔から彼の遊び相手はわたしでした。おかげでいまだにその延長というか」

茶目っ気たっぷりにミハイルが言う。

「そう、それで。――それから……」

伊里弥はミハイルへ窺うように視線を向ける。肝心なことをなにも聞いていない。

伊里弥の不安な気持ちが伝わったのだろうか、ミハイルがわかったというように瞬きをした。

「そうですね。お約束いたしましたし、そろそろお話しをしましょうか」

そう言って、ミハイルは静かに口を開いた。

「まず、伊里弥様はわたしたちが虎なのか、人間なのか、という疑問をお持ちだと思います。そうですよね？」

伊里弥は頷いた。

まず最大の疑問はそれだった。

ディーマ、そして今目の前にいるミハイルはこうしている限り決して虎とは思えない。だが、ディーマは伊里弥を乗せて森を駆け、そしてミハイルもはじめは虎の姿で出迎えた。

「日本には猫又《ねこまた》という妖怪がいるそうですね。わたしたちはたぶんそういうものかもしれません。長く生きている間に本来の能力以外のことができるようになりました。こうやって人の姿になることも。なにしろわたしもディーマも長いこと生きておりますし、ディーマがこの地を統《す》べるようになってからも……そうですね、ゆうに百年以上は経っているかと」

茶目っ気たっぷりに彼は話をはじめる。

「そんなに!?」

ええ、とミハイルは頷き、話を続けた。

「この地のシャーマンの言葉にこういうものがあります。『この大地は神聖であり、大地を守り尊敬することで、大地はわたしたちに生命と健康を与えてくれる』と。わたしたちはその言葉どおり、この大地を守り尊敬してきました」

シャーマンの言葉のとおり、大地は彼らに命を長らえさせる特別な魂を与えているという。

「そういうわけではないのですが、長寿の者が多いのは確かです。長く生きている者は三百歳を超えます」

「不老長寿ってこと？」

それは虎だけではなく、他の獣でも同じことだとミハイルは言った。長生きし、人の姿になる獣は他にもいるらしい。あの狼もそうだということだった。

「そうなんだ……。それから、ここは人が暮らすような部屋だけれど、きみたちは人の姿で暮らしているの？」

「ええ、そうですね。概《おおむ》ねこちらの姿で。人間が近くに暮らすようになった以上、いつなんどき人間に接触しないとも限りませんしね。我々の正体を知られるわけにはいきませんから、訓練を兼ねてできるだけ人間の姿を取って生活しています。ですから、山を下りて普通に街に参りますよ。それも頻繁に」

中には人間たちに交じって暮らす者もいるらしい。その数も決して少ないわけではなく、伊里弥が考えているよりも多いかもしれないとミハイルは言った。

彼自身も人間と同じ大学で医学を修《おさ》めたらしい。医師というのは事実のようだった。

また、この宮殿も貴族の館を移築したもので、そういうことができる職人たちもいるという。

まるで人間社会そのものだと伊里弥は感心する。

「へ、へえ……」

だとするとそこらを歩いていた人の中にも、虎や他の獣たちが人間化した者がいたのかもしれない。確かにディーマだって当たり前のように大学にいた。

「そっか……なんか不思議。きみたちはもう絶滅したと聞かされていたから」

「人の世界の理《ことわり》では理解できない不思議なことがまだまだあるのですよ。わたしたちも表向きは絶滅したことにはなっていますが、わたしたちがいる以上はそうではないということになりますね。わたしたちのような獣が死に絶えると自然に大きな影響を与えるので、大地の神はこのように生かしておいてくださるのだと思っています。ただディーマが王でいるうちはということにはなるのでしょうが」

ふう、とミハイルは大きく息をつき、苦い表情をする。

「ディーマが王でいるうち……？」

「はい。大地から力を授けられている彼がいるからなんとかこの山の秩序も保たれていて、ここも維持ができますが、彼が王であることを面白く思わない者もいるものですから」

ディーマは常に命を狙われているのだとミハイルはそう言った。

「そんな……」

「ご安心ください。ディーマはこの上なく強いお方です。そうそう簡単には命を落とすようなことはありませんよ」

伊里弥を安心させるように言いながら、ミハイルは優しく微笑む。

「彼はわたしたちとは違い、選ばれた方なのですよ」

ディーマはシベリアトラの中でも珍しい白化した虎同士から生まれた黄金の毛並みを持つ特別な虎だという。

「そのような虎が生まれるのは何百年に一度で、黄金の虎はどの獣よりも勇敢で強いと言い伝えられていて、あのクマでさえ倒してしまうほどの力を持っています。ディーマ自身、クマとは何度も戦っていますが、いつも圧倒するのですよ」

ミハイルは誇らしげにディーマの武勇伝を語る。

彼にとってディーマは信頼すべき強き王なのだと、伊里弥は思う。臣下にとって強い王というのは何ものにも代えがたい誇りなのだろう。

ミハイルはさらにディーマは強いだけではない、と言う。優美な美しさと聡明さを兼ね備えた、生まれついての王だと熱く語った。

「ですが、ディーマが完璧であればあるほど敵も多くて……」

「ああ、さっき言っていた？」

「ええ。一番の敵は狼なのですが」

眉を顰め「手を焼いているのです」とミハイルが言う。

昔から彼らはディーマたちに反発し、勢力争いを繰り広げていた。

かつては圧倒的に狼を制圧していたのだが、近年状況が変わってきたらしい。

虎やユキヒョウが乱獲によって激減したことで狼の勢力が増していた。狼は群れで行動するため単頭の獣ではなかなか太刀《たち》打ちできない。

そうするとますます個体数は減る。

とはいえ、ディーマには狼たちも敵わない。ディーマが生きている限り、狼が王になることはないだろう、ミハイルはそう言った。

「なにごともバランスというものがあります。この大地にも。狼たちがこの山の王となれば、昔から保たれていた食物連鎖の微妙な均衡が崩れてしまいかねません。それはこの山にとって決していいことではないのです」

種によって、多すぎても少なすぎてもいけない。今はディーマがいるから狼だけが増えすぎることもなく、ギリギリのところなのだという。

「そうやってバランスを崩さないよう自然と共存しながら、わたしたちは百年以上もこの森に棲んでいるのですが、近頃はわたしたちの仲間もだんだんと減っていますし狼の方が個体が多いものですからなかなか手が回りきらないこともしばしばで……」

ミハイルは一瞬暗い顔を見せたが、すぐに気を取り直したように明るい表情になる。

「でも、先ほども言いましたがわたしたちにはディーマがおりますから」

「本当に強いんですね、ディーマは」

「はい。彼のような王はこれから先もしばらく出ないでしょうね。わたしたちの自慢でもあるのですよ。これでだいたいご理解いただけたでしょうか」

彼らが虎であることや、人間の姿になることについてはなんとなく理解したが、まだわからないこともある。

「う……ん。まだ実感できないけれど、なんとなく。それはそうと、ここって……。ディーマはずっと山の中を走り続けてきたから随分山奥なのは知っているけど……。狼はともかく、さっきの話だと密猟《みつりょう》のための猟師も歩き回っているのでしょう？　それは大丈夫なの？」

いくら山奥といえど、猟師に見つからないということはないだろう。ここは岩穴の奥だが、発見される可能性がないわけではない。

特にこのような美しい宮殿があるとわかれば、たとえ山の奥深くでもすぐに人が押し寄せるはずだ。

するとミハイルは「ご心配なさらず」とにっこり笑った。

彼はこう言った。

大地の神はもうひとつ自分たち獣を人間から守るため、ここを人間界とは別の空間においてくれている。この山には特殊な結界が張られているというのだ。

「ただ、わたしたち獣は常に行き来ができますが、人間は新月の夜にしか入れないのです。あなたをこの山へ誘うためには新月のタイミングが必要でした」

ディーマの背に乗って駆け抜けたあの森のどこかに、ここへ来る道と元の世界の道との繋ぎ目があったのだ。いったいどこからが元の世界で、どこからがこの世界だったのだろう。

「遠くまで来たとは思っていたけれど……。境目なんか全然わからなかった。どこが入り口だったのかな」

「ここへの一番近い入り口は、あなたたちがいたあの湖のすぐ側にあったのですよ」

「え⁉　だって一晩中、ディーマはおれを乗せて走っていたじゃない。どうしてそんなに長い間森を走り続けていたの」

結界の入り口からここまでが遠いということなのだろうか。朝が来るまで何時間も走り続けてやっとたどり着いたのに。おかげでくたくたに疲れてしまった。

納得がいかないとぶつぶつ言っていると、ミハイルがくすっと笑った。

「ディーマの気分の問題じゃないですか？」

「気分って！」

なんだそれ、と伊里弥は渋面《じゅうめん》を作った。彼の気分で長時間あの背に乗っていたのか、と憤慨しながら思っていると、ミハイルが「それは冗談ですが」とクスクス笑う。

「ここまでの近道はあなたのいたところとほんの隣り合わせにあるのですが、ディーマはどうやら近道ではなく遠回りをしたようですね」

「遠回り……」

「ええ。おそらく近道ではあなたの体にかなりの負担を強《し》いると考えたのでしょう。この結界の中は特殊な気で覆われていましてね。あなたはわたしたちと違ってこの場所ははじめてですから、遠回りしてあなたの体をここの環境に慣らしたかったのかもしれませんね」

ときどき結界が綻《ほころ》びて迷い込む人間もいるが、中にはこの場所の気にやられて時間が経つと錯乱《さくらん》したり、意識を混濁《こんだく》させることもあるという。それを防ぐためにわざと遠回りして徐々に慣れさせたのではないかと彼は言った。

「そうなんだ……」

「ディーマはあんなふうでも、あなたのことを考えていないわけではありませんよ」

だからっていきなりこんなところに、と伊里弥は言いたくなったが、その言葉を飲み込むようにぐっと堪えた。

「ですから、月のない夜でなければここには連れてこられなかったのですよ」

新月、と空港で彼が言ったのはそういうわけだったのか。やっとあの言葉を理解はしたものの、それだけではすべてわかったわけではない。

「でも、どうしておれを……？」

伊里弥は首を傾げる。

なぜ自分なのか。先ほどの彼らの会話から自分の存在は彼らにはとうに知られていたと思えるが、伊里弥自身彼らと関わりあったこともないし、そんなきっかけすらなかったはずだ。なのになぜ。

ミハイルは伊里弥の問いかけを聞いていなかったのか、それとも話したくなかったのか、答えることもなくただ曖昧な表情を浮かべるだけだった。

お茶のすぐあとには夕食となった。甘い菓子を食べてはいたが、やはり他のものも体は必要としていたのだろう。アヒルの丸焼きはさすがに魅力的で伊里弥は腹一杯それを食べた。

そうして夕食を終え、与えられた部屋に戻ると途端に眠気が襲ってきた。

無理もない。昨夜から一睡もしていない上、慣れない姿勢で長い時間を過ごしてきたのだ。疲れが一気に出たのだろう。

夕食のときも気を抜けば、瞼《まぶた》が閉じそうになって困ったくらいだ。食事の最中にうたた寝してしまいかねず、せっかくの料理もじっくり味わえなかった。

それにしても……。

お茶のときにも夕食のときにもディーマの姿はなかったな、と伊里弥はふと思う。

ここへ伊里弥を連れてきた張本人なのに顔も見せないなんて、と文句を言ってやりたい気分になる。

しかし今は眠い。文句を言うのは明日にしよう。

ベッドに横になるなり、伊里弥は眠りに落ちる。よほど疲労していたのか深く眠り込んでしまった。

＊＊＊

「イリヤ……」

ようやく浮かび上がった意識の中で、自分を呼ぶ声が聞こえた。

その声にはなにか感情を含ませた切羽詰《せっぱ》まった熱っぽさがある。いや、それだけではない。どこか怒りにも似た雰囲気すら感じ取れる。

はっとなって目を覚ますと、そこにはディーマの姿があった。まだ夜明けまでは遠いらしく、部屋の中は暗い。どうやらディーマが持ってきたと思しき蝋燭《ろうそく》の小さな灯《あか》りがテーブルの上でゆらりと揺れていた。

「ディーマ、なにか用……？」

こんな夜中に一体なぜ部屋へ、と困惑しながら伊里弥は口を開く。

急いで起き上がろうとする伊里弥の肩をディーマは突き飛ばし、再びベッドの上へ貼りつけるように押さえ込む。

ギシ、とベッドのスプリングの音が鳴ったかと思うと、伊里弥にディーマの体がのしかかった。

「な……っ」

伊里弥は尋常ではない事態に顔が青ざめる。体重をかけてくるディーマを押し戻そうと両手で彼の肩を押し返す。が、びくともせず、それどころか彼は圧倒的な力で伊里弥の体を押さえ込んだ。

「ディ、ディーマ……？　やっ、やめ……！」

伊里弥はもがき、逃れようと暴れた。が、それを封じるように彼は馬乗りになり、伊里弥が着ていたスリーピングシャツに手をかけた。

伊里弥は本気で恐怖し、驚愕《きょうがく》の眼差しをディーマに向ける。

「ど、どうしてこんなこと……っ！　やだ……、やめて……ッ」

「どうして？　そうだな。イリヤ……おまえの曾祖父だ。イリヤはおれを裏切った。あいつがおれにしたことへの償《つぐな》いをおまえに代わってしてもらうだけだ。あいつの代わりにおまえを娶《めと》る。おれの花嫁になれ」

「償い……？　花嫁ってどういうこと……？　ディーマはおれのひいおじいちゃんを知っているの？」

疑問符で伊里弥の頭の中がいっぱいになる。

昼間の話でディーマは長く生きているとミハイルから聞いている。だからこのあたりに住んでいた曾祖父のことを知っていたとしても……あり得ないことではない。だが、償いというのは尋常ではなかった。曾祖父のイリヤはディーマになにをしたのか。それに花嫁とは、どういうことだ。

伊里弥の問いにディーマは答えない。答えの代わりに、シャツを引き裂いた。

なにをされる?

これからされようとすることを伊里弥は必死でシミュレートしてみたが、導き出される答えはふたつだけ。

殺されるか、それとも——犯されるか。

露になった伊里弥の素肌を見た、ディーマの左の目がぎらりと光ったような気がした。

「前にも言ったはずだ。おとなしくしろ。逆らわなければ命までは取らずにおいてやる。おまえは黙っておれに抱かれていればいい」

傲慢《ごうまん》な物言いのディーマに伊里弥はカッとなった。

「こんなことされておとなしくなんかできるわけないっ! 触るな……っ! 離せ!」

必死に大きな声を出して、痛む足をおしてじたばたとさせる。しかしディーマに比べたらまるで力のない伊里弥など相手にもならない。

伊里弥は空いた手で、思わずディーマの頬を叩いた。だがディーマにとっては蚊にでも刺された程度の些細《ささい》な刺激でしかなかったのだろう。ふん、と鼻を鳴らしただけで平然としている。

そしてすぐさまディーマはお仕置きといわんばかりにパン、パン、と二度三度と伊里弥の頬を平手で張った。その度、伊里弥の顔が左右に振れる。あまりの力の強さに、伊里弥の頬は腫《は》れたように赤くなった。

さらに言葉もなく鋭い眼光で見据《みす》えられ、伊里弥は彼が本気であると恐怖し絶句する。

「余計な手間をかけさせるな」

そう言うなり彼は伊里弥の両手を頭の上でひとつにまとめ、つい今し方破いた上着で手首を戒《いまし》めた。

「やめろ……っ！　やだッ！」

伊里弥の目からは涙がこぼれ落ちていた。なぜ、こんな目に遭わなければならないのだ。

そう思いながら、喉を引き絞るようにして叫ぶ。

けれど叫んだ唇はディーマの唇で塞がれた。あっ、と思う間もなく、口中に彼の舌が入り込んでくる。

「……っ、ん……んっ……」

熱っぽく絡みつく舌の動きに伊里弥は陶然《とうぜん》となった。空港でキスされたときも思ったが、彼にキスをされると体の奥が灼《や》かれるように熱くなる。麻痺《まひ》したように体が動かなくなってされるがままになってしまう。

気がつくと、下着ごと穿《は》いていたズボンを引き抜かれ、丸裸にさせられていた。体を覆うものがなにもなくなり、にわかに不安が増す。

「ひっ……！」

前触れもなく、萎《しぼ》みきっている伊里弥の性器にディーマの手が触れる。かと思うとすぐに手のひらですっぽりと握り、ゆるゆると扱《しご》きはじめた。

「さっ……触る、な……っ……、ぁ……」

あ、と伊里弥は息を詰める。

くっ、とディーマが笑いを堪えるように唇の端を引き上げる。その顔を見て、伊里弥はひどく悔しくなった。

なぜこうしてなすがままになっているのか。

悔しくて情けなくて、堪らなくなる。いやだ、と言い続ける声が、詰める息で途切れ途切れになるのがひどく屈辱的で仕方がなかった。

「ここもきっとおまえは好きなところだ」

ただでさえペニスをいやらしく扱かれて体を熱くさせているのに、ディーマは空いた手の指で伊里弥の乳首をきゅっと捻《ひね》った。

「い、……いやだ、ぁ……っ！　あぁ……っ！」

指先が淫らに伊里弥の小さな乳首を捏ね回す。やがてそこは硬い芯を持ち、赤く脹れてツンと尖った。じんじんと体が疼《うず》き、伊里弥は体をくねらせる。

決定的な強い刺激は一切与えられず、ただもどかしくじわじわと快感が体を侵略しはじめた。

「あぁ……、ぁ……ぁ」

口を突いて出る、色めいた吐息にディーマは満足そうな顔を見せ、今度は伊里弥の胸元に顔を寄せ、乳首に吸いついた。

指で捏ねられ、抓《つね》られた乳首をじっくりと舐めて吸われる。

「……ん……っ、あぁ……っ、……ん」

丹念な愛撫に明らかにここは性感帯だと教え込まれているようだった。

ズボンを脱がされたときには萎《な》えていたペニスが、今ではもうすっかり勃《た》ち上がっている。

ディーマはそれをねっとりとした視線で見、嘲《あざけ》るように、鼻で笑った。

「威勢よく抵抗したくせに、こっちがこうではまるで説得力がないな。体の方がどうやら素直らしい。そら、見てみろ。ちょっと弄っただけなのに、おまえの先っぽときたらもうぬるぬるしたものを出して……」

透明な雫《しずく》がこぼれ出ているペニスの先の割れ目に指を宛《あて》がい、くるくると撫で回す。淫猥《いんわい》な指の動きに太腿《ふともも》から股間にかけてじわじわと痺れだし、伊里弥の腰から下を甘く蕩かす。

唇は乳首を離れ、今度は鎖骨《さこつ》からうなじを這《は》い回っている。耳朶《じだ》を噛まれ、耳の穴に舌を差し込まれた。

耳の穴を舐られ声を上げる。耳の穴が感じるなんて、今の今まで知らなかった。音を立てて舐られるたび、体の力が抜けていく。

「随分感じやすい体のようだ。あれと同じだな。血は争えないといったところか」

ぼそりとディーマが呟いた言葉が伊里弥の耳に入る。

あれ、というのはイリヤのことか。イリヤもこうしてディーマに抱かれたのだろうか。うつろな思考を頭に泳がせるが、それは感じきっている伊里弥にはまるでかたちにならなかった。

「……や、……それ……いや……ぁ……」

悦《えつ》に入《い》ったように、ディーマはねっちりと愛撫を続けた。ペニスを、乳首を、そして耳を。受ける愛撫の数だけ、伊里弥の体は甘く痺れ、思うように動けなくなる。ペニスからはだらしなく蜜がこぼれ、それは竿を伝って、陰嚢《いんのう》へ垂れていった。濡れた陰嚢はディーマの手でやわやわと揉《も》まれ、伊里弥の口から漏れる声は次第に色めき立つ。

そうして彼はさらにペニスの割れ目に爪を立てた。

「……ア――――ッ！」

あまりの刺激に伊里弥は声にならない声を上げる。

ガクガクと腰が震え、背を反らせた。

痛みが快感を伴うなんて。

これまで感じたことのない悦楽を体に覚えさせられて、伊里弥はもがきながら泣きじゃくった。

「こっちは……使ったことはあるか」

ぞろり、とディーマの手が伊里弥の尻に回る。尻たぶを割り開き、彼の指先は奥にある窄《すぼ》まりを撫でた。

ひっ、と伊里弥は息を詰める。

そこは排泄《はいせつ》器官だ。同性とのセックスではそこを使うこともあるらしいと聞く。彼が言うのはそういうことなのだろう。

伊里弥は怯えながら頭を振った。

「なっ……！　ない……ッ、あるわけが……っ……」

伊里弥の答えを聞いているのかいないのか、まるで答えには興味がないとばかりにディーマは無言で伊里弥の体をひっくり返した。うつぶせにさせられ、枕を腰の下に入れられる。尻だけ掲げたような格好になり、伊里弥の恐怖が増す。

「や、やめっ……ああっ！」

すると尻にとろりと濡れた感触を覚えた。なにかを尻に注がれたのだ、と気づいたときにはディーマの指が伊里弥の後ろを犯していた。

「いやぁ……っ！　やっ、お願っ……や、やだ……っ」

懇願《こんがん》はまったく聞き入れられることもなく、ディーマの指はぐいぐいと伊里弥の中をこじ開けていく。

「安心しろ。これは花の精油だ。おまえは処女のようだし気持ちよくしてやらないとな。きっとこのよさもすぐ覚えるようになる。おまえは素質がありそうだ」

ふふ、と楽しそうに笑い、ディーマはたっぷりと伊里弥の中にその油を注ぎ込んだ。

ぐちゅぐちゅといやらしい音を立てて、伊里弥の過敏な内壁を擦りながらディーマの指が根元まで入り込んだ。それだけでなく何度も何度も指を抜いては入れ、を繰り返される。

「やっ……あぁっ、あっ、……ぁ、ああ……」

彼の指は巧みに中を擦り上げ、確実に伊里弥の中を拓《ひら》いていった。

「わかるか、イリヤ。おまえの中がおれの指を上手に食いしめているのが。……ああ、また締まった……」

うっとりとしたようにディーマが呟く。その言葉に伊里弥は恥ずかしくて泣きそうになった。だが、その羞恥《しゅうち》でますますディーマの指をきゅっと締めつけていることに気づいてはいない。しかも彼の指が中を行き来するにつれ、中がじんじんと熱を持っているように熱く感じられてくる。

「ああ、蕩けてきたな……もう一本入れてやろう。一本じゃもう足りないだろう?」

ぐい、と二本目の指が入り込んできた。

伊里弥はいきなり増えた指に驚き、背を反らす。

「アァッ!」

二本の指はさっきまでと違い、過敏になっている内壁を激しく擦る。

「あっ、……いや、いやぁっ……！」

やがて、ディーマの指が伊里弥の一番感じる場所を探り当てた。

「アーーーッ！」

喉を反らして伊里弥は絶叫する。

ガクガクと体を戦慄《わなな》かせ、髪を振り乱す。

強烈な刺激に伊里弥はぼろぼろと涙をこぼした。

体中に電流を流し込まれたような過ぎる快感に伊里弥はただ流されるだけだ。快感が辛くて堪らず声を上げることしかできなくなるなど考えたこともなかった。いつの間にか気持ちとは裏腹に、ディーマの指の動きに合わせ伊里弥は腰を振っていた。

「いやらしいやつだ。そんなにここが感じるのか」

ディーマの蔑《さげす》んだような口調に、羞恥も悔しさも覚えるものの、弱い場所を責められると体が知らずに反応してしまう。

涙と涎《よだれ》とでぐしゃぐしゃになった顔をシーツに伏せ、泣きじゃくっていると再びぐるりと体を返され仰向けにされた。

目に入ったのは、ディーマの獰猛《どうもう》な瞳。瞳の奥に焼き付くような光が宿っている。

今にも伊里弥は食い殺されてしまうのではないかと思うほど、その瞳は激しいものを秘めていた。怒りに燃えているとも思えるその目に伊里弥はぞくりとする。

償い、と彼は言った。それほど、曾祖父——イリヤは彼を傷つけたというのか。

ディーマの目に釘《くぎ》付けになっていると、彼は着ていたものを脱ぎ捨てた。

引き締まって逞《たくま》しい彼の肉体を見せつけられる。そしてその中心には隆々《りゅうりゅう》といきり立ったものがあった。長く大きなそれは凶器としか言いようがない。

剝《む》きだしの欲望を見せつけられ、伊里弥はおののいた。

「い……やだ……やめ……っ……。お願い……ディーマ……っ」

いやいやと首を振って、拒もうとするがディーマは気にもせずに伊里弥の両脚を開き、抱え上げた。後ろの孔や、濡れて勃ち上がっているペニスが丸見えの卑猥《ひわい》な格好が、恥ずかしくて堪らない。

「さあ、おれの花嫁にしてやろう。……じっくり味わえ」

彼は滾《たぎ》った欲望を蕩けきった伊里弥の蕾《つぼみ》にひたりと押し当てる。次の瞬間、ぐい、と灼熱《しゃくねつ》が押し込められた。

「ひ、いっ！　あ、あ、あ——ッ！」

伊里弥は凄まじい圧迫感と次いで押し寄せる灼けるような痛みに顔を歪《ゆが》め、悲鳴を上げる。

目の前が真っ赤に染まった。

ディーマは腰を浅く引き、そしてまたゆっくりと熱い欲望を伊里弥の中へ埋《うず》める。彼の猛々《たけだけ》しいものを強制的に咥え込まされ、否が応でも粘膜はその感触を覚える。

彼が腰を引くときに、カリの部分が襞《ひだ》を引っ掻《か》いて、嫌だと思うのにそれがじん、と体を疼かせた。

とはいえ、狭すぎる伊里弥の中は容易に最後まで彼を受け入れられないでいる。いい加減諦めればいいと思うのに、ディーマはそれを何度も繰り返した。

「すっかり融《と》けたと思っていたが、さすがにはじめてだと蕾も固い」

ディーマは根気よく伊里弥の肉筒を侵略した。そうして最後まで彼のものを伊里弥の中に収めきったときには痛みは確かにあるものの、それだけではない甘い熱が体の奥に生まれた。じんじんとしたものが伊里弥の下腹部の奥を焦がす。

「ど、うして……こんな……あ、……あ、あ」

痛みに一度は萎えかけたペニスにディーマの指が絡む。ディーマのもので中を擦られながら、ペニスをゆるゆると扱かれる。やがて伊里弥のものはまた熱を取り戻し、天を仰ぐように勃ち上がった。

「見ろ、おまえの体は悦んでいるじゃないか」

ピン、と指で伊里弥のペニスを弾《はじ》く。

「……っ！」

ぶるりと震えるそれはその刺激でまただらしなく雫をこぼした。

ふふ、と乾いた笑い声が聞こえるなり、ディーマが動き出した。彼のものが伊里弥の中を擦る。焦らすようにゆっくりと抜き差しされ、肉襞《にくひだ》はその感触を味わおうと、逞しいそれに絡みつく。

「うっ、動かな……ぁ……んっ、……あ……」

「無理だな。こっちは動いて欲しいと言っているが？」

ディーマが感じる場所を容赦なく抉る。そのたびに伊里弥はびくびくと体を跳ね上がらせた。

次第に快感が波のように押し寄せてくる。

気持ちよすぎて怖い。どうにかなってしまいそうなのに、ディーマは伊里弥の体の隅々まで快感を与え続けた。

突き上げながら、伊里弥の両方の乳首をくりくりと捻り上げる。すると伊里弥のペニスからはとぷとぷとだらしなく蜜が漏れ出す。

「やっ、やだ……ぁ……んっ、いや……ぁ……」

心とは裏腹に内腿《うちもも》は痙攣《けいれん》するように震え、ディーマを包む肉襞はひくひくとうねった。

「淫乱なやつめ。処女のくせにおまえのここはおれのが欲しくて吸いついてくる。きゅうきゅう締めつけておれのを離さないじゃないか」

そんなこと知らない、と伊里弥は叫びたかった。体が勝手に動くだけだ。自分の意思じゃない、と。

ディーマの突き上げが激しさを増す。

揺さぶられ、陰嚢がディーマの体に当たる刺激に伊里弥の腰が揺れ、さらなる刺激が欲しくてことさら中を締めつける。すると彼はぐるんと腰を回した。

ぐちゅぐちゅと中をかき混ぜる音がして、奥まで深く抉られる。

「いっ、いや……っ！　あっ！　やだ、やだ、そこ……いやっ！」

ディーマが伊里弥の一番弱いところを集中的に責めてくる。休みなく、先で擦り、カリで引っかけるように。

伊里弥の体はどこを触られても感じてしまい、体を反らせてひっきりなしに声を上げてしまう。

空を切る足の先まで痺れ、爪先《つまさき》を丸める。

「ここが好きか」

ディーマは伊里弥の腰を抱えなおすと、一際《ひときわ》激しく中を抉った。

「あっ！　あっ、……ぁあっ！　あ、あ、あ……」

凄まじいまでの快楽に、伊里弥はガクガクと体を震わせ、押し寄せる絶頂の波と共に、白濁した蜜を吐き出した。震えるペニスから迸《ほとばし》らせたそれはそこかしこに飛び散って、ディーマの顔にも、そして伊里弥自身の顔をも汚す。

しかしそれはまだ終わりではなかった。

「はしたないな」

虚《うつ》ろな目でディーマを見つめると、彼は顔に飛んだ伊里弥の蜜を指で拭《ぬぐ》い、ぺろりと舐める。

「今度はおれの番だ。おれのでいっぱいにしてやろう」

そう言うなり、ひくひくとまだ痙攣している中をディーマは深く穿つ。

「あ……ああっ……！」

伊里弥を壊してしまうほどの勢いで突き上げると、彼のものが一際大きく膨《ふく》れあがった。と思った瞬間、隘路《あいろ》の奥深くに熱いものをぶちまける。ディーマのものが脈打って、どくどくと精液を注ぎ込まれるのを感じる。濡れた奥が熱くて、伊里弥は陶然となった。

……気持ちいい。

嫌だと思うのに、ディーマに中を濡らされて、中はうれしそうにまだうねって彼のものを味わっている。

「随分と旨《うま》そうに飲んでいるじゃないか。これでおまえは立派な雌《めす》だな」

ディーマは満足そうに呟き、中から彼のものを引き抜く。

「あ……」

中からとぷりとディーマが吐き出したものが流れ出る。

尻を伝うとろりとした感触に、それすら気持ちいいと思ったことが惨《みじ》めで、伊里弥は声もなく泣いた。

ぬちゅ、とまた伊里弥の中へディーマのものが飲み込まされていく。

「あ……ん……っ……」

口が開きっぱなしで、喉はカラカラだった。なのに、その開いた唇の端から、涎がこぼれっぱなしになっている。

ディーマにつけられた痕で全身を赤く染め、後ろの蕾もずっとディーマのものを入れられて閉じることがない。

虎は一度の発情期に百回交尾すると言われている。二日の間に百回、とも。それはあまりに多いかもしれないが、数日の間に四、五十回以上は交尾しているのは明らかなようだ。

また交尾時間が比較的長いとも聞く。回数も時間も虎は多く、だから精力増強の薬として虎が珍重され、密猟が増えたのだ。

この恥辱《ちじょく》はいつまで続くのだろう。

「……そこ……も、や……あぁ……ん」

弄られすぎてすっかり腫れ上がった乳首を舐められ、喉を晒《さら》して声を上げる。

喉が痛い。体が重い。もうどこにも力が入らない。

ぐったりしきっているのにディーマの欲望を埋められると快感に体は反応し、もっと欲しいとばかりにディーマのものを食いしめた。

色めいた声を上げる自分をひどく嫌悪しながら、ディーマの精液を中に注がれて体は悦んでいる。それが悔しくて辛い。

「……ああ、なんておまえの中は気持ちがいいんだろう……イリヤ……イーリャ……」

うっとりとした声を聞きながら、伊里弥は背後から犯されていた。

脳髄《のうずい》が甘く融かされる。愉悦《ゆえつ》が体を支配し、意識をとろりと甘く粘度の高い液体の底に沈めていく。

イリヤ、と呼ぶ声が愛おしそうに聞こえるのは気のせいだろうか。

——おれを呼んでいるわけじゃない。

快楽の合間、伊里弥はそう感じていた。

おそらくディーマがイリヤ、と呼んでいるのは自分ではない。

ディーマは伊里弥の曾祖父であるイリヤが彼を裏切ったと言っていたけれど、果たしてそれは本当なのだろうか。

いっとうはじめに向けられた目には激しい怒りが籠《こ》もっていたけれど、彼が今こうしてイリヤと呼ぶ声はどこか切ない。

「アアッ！」

首筋をガリッとディーマに噛まれ、伊里弥はシーツを掻きむしる。余計なことを考えていたお仕置きのような仕打ちだった。

そこかしこに歯形をつけられ、まるで獲物を骨までしゃぶって食べ尽くすかのようなセックスが続く。

「アッ、アッ、……ぁ……おかし……くな……イ……く、イっちゃ……」

もうなにを口走っているのかさえ、曖昧になっていた。

どろどろに体が融けていくような錯覚に陥る。伊里弥は数え切れないくらい受け止めたディーマの精液を体の奥に感じながら、ほとんど出し尽くしてしまった自らの精液をとろりとペニスの先からこぼした。

＊＊＊

次の日、伊里弥はひどい熱を出して寝込んでいた。無理もない。疲れていた上に、夜中から朝方にかけてまったく寝かせてくれることもなくディーマと体を繋げていたのだから。

「伊里弥様、おかげんはいかがですか」

ミハイルが伊里弥の部屋を訪ねて、処方した薬を飲ませてくれた。

どうやらミハイルを呼んだのはディーマらしいのだが、伊里弥はまるで覚えていない。ぐったりと意識を失っている間にディーマは部屋から出て行ってしまい、代わりにミハイルと小間使いの少女が伊里弥の世話を焼いていた。

しかも、眠っている間に部屋も替えられてしまっていた。ぼんやりと目を彷徨《さまよ》わせるとまるで様子の違う部屋に伊里弥は戸惑う。

ゆうべまで伊里弥がいた部屋よりも格段に豪奢《ごうしゃ》だ。ベッドも広く、どれだけ寝返りを打っても落ちそうもなかった。

「ここは……？」

すかさずミハイルが答えた。

「……離宮《りきゅう》でございます」

「離宮……？　どうしてここへ？」

熱に浮かされ、掠れきった声しか出ない。

離宮だなんて……。あえて別の場所に伊里弥を移した意図がわからない。

しかし、ゆうべされた数々のダメージが一気に噴き出ているようで、声を出すのも辛くて仕方がなかった。

はあ、と息を吐いた。それが唇に触れると熱くて、ああ自分は熱があるのだな、と理解した。

「まずはゆっくりお休みください」

ミハイルが眉を寄せて、唇を噛んでいる。伊里弥の問いへの返事はなかった。

考えるのも億劫《おっくう》だった。今はまだ眠りたい。

それがわかったのか、ミハイルはそれ以上なにも言わず、黙って部屋を立ち去った。

伊里弥は眠り続けた。うとうととしている間に、額や頬をそっと撫でる感触を覚えたが、夢だったのかもしれない。

なにしろ、ずっと長い夢を見ていた。

夢はこれまで見続けていたどの夢ともまるで違っている。

夏の森で降り注ぐ日差しの中、虎の姿になったディーマと寄り添っている夢。とても幸せな気持ちで、互いに体を寄せ合っている。ただただ幸せな夢だった。

「…………ん」

気がつくと、眠りながら泣いていたらしい。顔が涙に濡れている。

「あれは……」

夢の中にいた自分は自分ではなかった。姿形は自分にそっくりだったけれど、自分とは違うとはっきりわかる。

「ひいおじいちゃん……だったのかな……」

伊里弥は曾祖父とよく似ている。だからきっとあれは曾祖父のイリヤなのだろう。

もしかしたら、と伊里弥は思った。幼い頃から見ていた、あの森を駆ける夢、あれもディーマとイリヤ……ではないだろうか。

ゆうべ自分を抱いたディーマはしきりにイリヤの名を呼んだ。彼らの間にはなにかあったのに違いない。でなければ、彼があんなにも……聞いている方が悲しくなるような声で名を呼ぶことはなかったはずだ。

それはさておき、と伊里弥は重い体をのろのろと動かした。

ミハイルが処方してくれた薬がよく効いたのか、熱は下がっているようだが、そのせいで寝汗をかなりかいてしまっていた。

着替えか、でなければタオルかなにかないだろうか。

そう思いながら起き上がる。あたりを見回すがそういったものはなにもない。部屋の外に誰かいれば持ってきてもらえるかも、と伊里弥は部屋の扉へ向かう。

「いた……」

体中が痛くて堪らない。ただでさえ足腰がガタガタなのに、おまけに熱を出したあとだ。それだけにまだふらつく。

ディーマに陵辱《りょうじょく》されたことについては、考えたくもなかった。男に犯されるなんて、惨めで堪らない。だからといってめそめそと泣くだけなのは違うような気がした。

「とにかくまずは謝ってもらわないと」

伊里弥の気持ちを無視して行為に及んだというのは許しがたい。

――イリヤ……。

あの切ない声が耳から離れないでいた。

あれが伊里弥ではなく、イリヤを呼ぶ声だったとするならなおのこと許せない。自分はイリヤではないのだから。

よろよろとふらつく足で、扉の前に立ち、ノブに手をかけた。

が、ガチャガチャと動かしても動かない。

「鍵が……」

部屋の鍵を外からかけられて、伊里弥は外へ出ることができなかった。

「そんな……」

閉じ込められているのだとわかり、伊里弥はその場にへたり込む。途端に体の力が脱《ぬ》け、茫然とした。

閉じ込めるためにディーマは部屋を移したのか。

「ドアがダメなら……そうだ」

はっとして、振り返ると、そこには大きな観音開《かんのんびら》きのフランス扉がある。残る気力を振り絞って、そちらへ歩み寄り、扉を開け放った。

「…………！」

バルコニーへ出て伊里弥は言葉もなく立ち尽くした。目の前に広がっている景色はただの空と青々した木の葉をつけるラーチの木ばかり。窓の側にまで木々が枝を伸ばし、その枝に留まっている小鳥がばさばさと羽音を立てて飛び立っていった。

下を見ると美しい庭園が広がっている。目線を上向けると、庭園の向こうに伊里弥が連れて来られた宮殿が見えた。ここが離宮だというのはどうやら間違いではないらしい。

再び視線を落としたが、見下ろしているだけでクラクラとしてくる。高所恐怖症ではないつもりだったが、気分が悪くなり喉まで胃液がこみ上げてきた。

伊里弥は愕然《がくぜん》とした。絶望、といった方が正しいような気がする。

飛び降りでもしなければ、自由にはなれないのだ。かといってここから出ていくのは許さないというディーマの堅い意志が見て取れる。一度犯しただけでは気が済まないというのか。また、そこまで自分に執着するのはなぜなのか。

そのときだった。

コンコン、とノックする音がして、部屋の扉が開く。顔を見せたのはディーマとミハイルだ。

「伊里弥様っ！」

ミハイルは血相を変えて、バルコニーにいる伊里弥の許へと駆け寄った。伊里弥が飛び降りるとでも思ったらしい。

ミハイルに腕を掴まれて、伊里弥は苦い顔をする。

「飛び降りるとでも思った？　そうだよね、飛び降りたっておかしくないことをされたもの」

伊里弥は冷たい顔をして部屋の扉の前に佇んでいるディーマを強く睨みつけた。

だが彼は痛くも痒《かゆ》くもないという表情のままなにも言わずにいる。

（あんなことしたのに……平気な顔をして！）

伊里弥は腸《はらわた》が煮えくり返るようだった。彼にとっては伊里弥の体などどうでもいいのだろう。

「申し訳ありません」

ミハイルが神妙な顔で伊里弥に謝った。

「ミハイルに謝罪してもらってもどうしようもないでしょう？　ディーマ本人が謝るのが筋じゃないの？」

もう一度伊里弥はディーマを睨めつけた。謝って欲しいのはミハイルではない。ディーマだ。

「……申し訳ありません」

ミハイルにもそれがわかっているらしく、恐縮しながらオウムのように繰り返し謝罪の言葉を口にする。彼はディーマに仕《つか》えている身だ。だからディーマの代わりに謝っているのだとわかっているが、伊里弥には腹立たしいことに変わりない。

「しかもこんなところに閉じ込めて……！」

喋っているうちに怒りが湧いてくる。握りしめた拳《こぶし》をわなわなと震わせる。

伊里弥はミハイルの腕を振り払って、扉の方へ向かった。

「そこ、どいてください」

扉に立ち塞がるディーマに伊里弥は怒りを滲《にじ》ませた声で言う。が、彼はそこからまったく動かない。

「どいて、って言っているんです。聞こえないんですか？　……どいて！」

イライラとした感情をぶつけるように伊里弥は言い放った。

それでもなおディーマはそこから動かず、伊里弥を黙って見ているだけだ。表情のない灰色の方の目がしゃくに障《さわ》る。伊里弥の怒りが頂点に達した。

「こんなことするためにおれをここへ連れてきたってこと？　おれを閉じ込めてどうしようっていうの……！」

激昂《げきこう》し、伊里弥は叫んだ。

「どうしよう？　言ったはずだ。おまえはイリヤの代わりだと。そう、閉じ込めたいくらいおれは花嫁を愛しているのがわからないか」

茶化したようなディーマの口調がいまいましい。ますます伊里弥の怒りが増す。

「なにが愛だ……！　そんなものあなたにはないくせに！」

思わず手が出る。ディーマの頬を平手で張った。パシンと音が鳴る。しかしディーマは眉ひとつ動かすこともない。涼しい顔で伊里弥を横目で見るだけだ。

伊里弥はぐっと拳を握った。

力の差。

自分が結局弱者であることを思い知らされる。彼に力ではまるで敵わないことは一目瞭然《いちもくりょうぜん》で、それがどうしようもなく悔しい。

「わかりました。そのドアから出るなということでしたら……」

伊里弥はくるりと体を翻し、再度バルコニーへと足を進めた。

だが、まだ熱が下がりきってはいなかったのか、ぐらりと目眩《めまい》がし、伊里弥はふらりとよろめいてしまう。

「あぶない！」

ミハイルは駆け寄り、傾いだ伊里弥の体を抱きかかえた。

「放して！　放してください！　おれはここから出ていく！」

伊里弥はじたばたと暴れる。ミハイルは伊里弥を押さえ込みながら「ディーマ……」と扉の前で腕組みをして立ち尽くすディーマの名を呼んだ。

ディーマはつかつかと歩み寄ると、伊里弥をミハイルから奪い取るように抱き、ひょいと体ごと肩の上で抱える。

「下ろして！」

伊里弥は抵抗して叫ぶが、ディーマはそのままベッドまで歩いていくと、どさりと伊里弥を柔らかいマットレスの上に下ろしその体を押さえつけた。

「ミハイル！」

ディーマはミハイルを呼ぶ。ミハイルはその声に戸惑った表情を見せた。動かないミハイルをディーマはもう一度呼びつけた。

「ミハイル！」

ミハイルはしぶしぶといったように、ディーマの側へやってきた。そうしてベッドサイドにあるチェストの中からあるものを取り出しディーマに手渡す。

伊里弥はそれを見て、目を剥いた。

「そっ……それ……」

ディーマが持っているのは太い鎖《くさり》。その先には筒状をした金属の輪。美しい装飾が施されてはいるが、それは手枷《てかせ》か足枷《あしかせ》の類《たぐい》のようだった。

「おとなしくしていればこんなものは必要なかったんだが、仕方がない」

ディーマは冷たく言い放つ。

そうしてミハイルへ視線をやり、そしてくいと顎《あご》で伊里弥を指した。

ミハイルは伊里弥から顔を背《そむ》け、喉の奥から絞り出すような悲痛な声で「すみません」と言いながら、伊里弥の体を押さえつけた。

ディーマの手が伊里弥の足に触れる。

足枷なのだ、と伊里弥はじゃら、と鎖が鳴る音に耳を塞ぎたくなり、それを見たくなくて目を逸《そ》らした。

冷たい感触を足首に覚える。実際のところはさほどの重さでもないのだろうが、伊里弥にとってはかなりの重みを感じた。

その重みはもうここから逃れることができないという、絶望からくるものなのか。

カチャリ、と足下から鍵をかける音が響き、伊里弥の絶望をさらに深めた。

「ディーマ……教えて。なぜこんなことを。おれを犯しただけでなく……閉じ込めて……！」

ディーマは黙って立ち上がると伊里弥を一瞥《いちべつ》し、くるりと背を向ける。

「ミハイル、行くぞ」

彼はミハイルに声をかけるとそのまま伊里弥の側から離れていく。

伊里弥にはもう起き上がる気力も残っていなかった。背を向けた彼の表情はなにも見えない。どんな顔をしているのか、なにを思っているのだろう。

こうやって伊里弥を拘束《こうそく》して、閉じ込めて……彼は伊里弥の曾祖父の裏切りに対する報復だと言うが、それほどまで憎んでいるのはなぜなのか。

ディーマとミハイルが部屋を出て行ったあと、伊里弥は俯《うつぶ》せに姿勢を変える。じゃら、という鎖の音に心が痛くなりながら、枕に顔を伏せた。

徐々に、枕に自分の涙が滲んでいくのがわかる。

どうあがいても、なにをしてもこれ以上どうにもならないのだ。だったら流す涙など無駄なものだった。

だがやはり心が軋《きし》む。

こみ上げる嗚咽を堪えることもなく、伊里弥はただ泣き続けた。

伊里弥が監禁されて、数日が経った。

足枷の鎖は長く、部屋のバスルームにまでは届く長さであるため風呂やトイレは問題なく使用ができた。

ミハイルがときどき伊里弥の様子を見に来るが、顔を合わせたくなかったため、いつも狸《たぬき》寝入りをしてごまかしている。とはいえ伊里弥の見え透いたごまかしなど彼にはわかっているはずだ。その証拠に伊里弥を無理に起こすことはしないで黙って立ち去ってくれていた。

ディーマは……あれから姿を見せない。ミハイルに止められているのか、それとももう伊里弥には飽きたのか。

伊里弥にとってはそのどちらでも構わなかった。今は彼の顔をまともに見られない。

ただぼんやりと心を虚ろにして日々を過ごすだけだった。

そんな中で伊里弥を癒《い》やしたのは、食事や着替えを持ってやってくる、可愛らしい小間使いの少女。一番はじめこの館に伊里弥がやって来たときに覗き見をしていた子だった。目がくりくりとして明るい可愛い子だ。

「伊里弥様、こちらに着替え置いておきますね。では失礼します」

「……ありがとう」

伊里弥が礼を言うと、彼女はにっこりと笑う。その笑顔がとても可愛らしい。彼女の名前がニーナだということをようやく昨日知った。

というのも伊里弥は監禁されてから気持ちを閉ざしてしまい、誰とも話すことができなかったからだ。それほど伊里弥の心はディーマの仕打ちに深く傷つけられていたのだ。

それを癒やしてくれたのがニーナだった。

「ディーマ様のお客様ってどんな方かなって……ちょっと見るだけのつもりだったんです。でも伊里弥様がとってもきれいで、ついつい見とれてしまって」

と、あのときの言い訳をしていた。

「わたし、精一杯お世話しますねっ」

そう言いながら、笑顔を見せてくるくると機敏に働く彼女を見ていると気持ちが安まった。甲斐甲斐《かいがい》しく世話をしてくれる彼女にだけは、伊里弥もいくらか口をきくようになっていた。

だがあれから食欲もなく、出された食事もほとんど口をつけずにいたせいか、見る間に伊里弥は痩《や》せていった。熱は下がったが代わりにげっそりと頬がこけた。

その日、フランス扉の向こうの景色が夕焼けに染まりはじめた頃、ドアの開く音が聞こえた。

「伊里弥様、お夕食をお持ちしました」

ミハイルが食事をトレイに載せて持ってきた。食事はいつもニーナが持ってきてくれるから油断した。まさかミハイル自ら持ってくるとは思わなかったのだ。トレイの上にはジャガイモのパンケーキの上にチーズを載せたもの。そしてスープと白いパン。

伊里弥はトレイとミハイルの顔を交互に見、そしてそれらから顔を背けた。

体を動かすエネルギーのすべてが伊里弥から抜け落ちてしまったかのように、美味しそうに湯気をたてている食事を見ても食べたいという気すらなくなっていた。

「伊里弥様、少しだけでも召し上がってください。でなければ体が保《も》ちません」

「……食べたくないんだ」

伊里弥は細い声で投げやりに言う。

「……わたしたちの……ことにディーマがあなたにしたことは到底許されることではないと思っています。あなたにしてみれば、騙《だま》されたも同然ですから……。わたしもまさかディーマがこれほど強引なことをするとは思ってもみませんでした。……言い訳でしかありませんが」

ミハイルの言葉に伊里弥の体がびくりと震えた。

ディーマにされたことがつぶさに思い出される。

彼の淫らな手管《てくだ》で伊里弥は知らなくてもいい快感をこの体に刻み込まれた。

ぞくり、と知った感覚が背筋を這い上がる。

伊里弥はそれを堪えるように唇を噛み、そんな反応をしている自分を見られたくないとばかりにミハイルへ背を向けた。

「……ですがあなたを弱らせるのは本意ではありません。……信じてはもらえないでしょうが、ディーマにはディーマなりの言い分があるのです。なぜ彼があなたに無体《むたい》なことを強いたのかその理由をお話ししようと思って参りました。これも言い訳でしょうけれど。……どうか聞いてもらえませんか」

切実なミハイルの言葉に伊里弥の気持ちは揺れる。結局彼を拒むことはできなかった。

「そのままで結構です。わたしの顔を見たくないというのであれば、こちらを見ずとも」

伊里弥はミハイルへ背を向けたまま耳だけを傾けた。

「どこから話せばよいのでしょうか。……イリヤ……伊里弥様のひいおじい様ですね、イリヤはディーマの恋人……いいえ、つがいでした」

「つがい?」

伊里弥はつい振り返って聞き返した。

「ええ。つがい……伴侶《はんりょ》ですね。彼なりの言い方では花嫁ということになるのでしょう。伊里弥様、あなたのその指に嵌《は》められた指輪――」

伊里弥は指輪に目を落とした。これがなんだというのだろう。

「あなたはディーマの目を見てどう思われましたか?」

「え……。右と左で色が違うな……って。それから……右目は多分見えていない……?」

あの灰色の右目には表情がなかった。左目は豊かな感情を表すのに、右目はただつるりと冷たく作り物のように思えた。

　だがディーマの目とこの指輪とどう関わりがあるのか。訝《いぶか》しく思いながら質問に答える。

「そうですね。おっしゃるとおり、ディーマの右目は見えていません。ですからあの目は義眼《ぎがん》です。……では質問を変えましょう。その指輪の石がなにかご存じですか？」

「石って、これはブルータイガーアイ――」

　ブルータイガーアイ、と伊里弥は小さい声で口にして、はっとする。ディーマの左目は青い。右目が見えていないというなら、左目がもとからの目だ。その色が青ということは……。

「えっ⁉　もしかして……⁉」

　伊里弥は指輪の石をじっと見た。そんな伊里弥の反応にミハイルは頷く。

「お察しのとおり。それは元はディーマの右目です」

　伊里弥はもう一度指輪に目を遣《や》った。自分の左の中指に嵌められているこれがディーマの右目だったとは……。

「ど、どうしてそんなものが……指輪に……」

　ミハイルは訥々《とつとつ》と語り出した。

　イリヤは孤児だったという。彼はアルタイの山中で薬草を採取して生計をたてていた。

「この山には様々な命が育《はぐく》まれています。動物も、植物も。イリヤは草花を山からお裾分けしてもらいながら生活をしていました」

長い冬を越すために、イリヤはどんな深い山でも分け入って、薬草を採り続けた。彼の採るものは質がよいだけでなくとてもよく効くと評判だった。また他では見ない珍しいものもあって売れれば高値で引き取ってもらえた。

「それはイリヤが山の声をよく聞いていたからでしょう。決してたくさんは採らない。自分が食いつないでいける分しか採りませんでした」

欲を持たないイリヤを大地の神も好ましく思っていたのだろう。彼を歓迎するように、いつも薬草のよく繁る場所へいざなっていたようだった。

孤独な境遇でも決して卑屈にならず、温かい心を持った彼は、森の動物とはとても仲良しだった。だからそんな慎ましくやさしいイリヤと、この山の王であるディーマが出会ったのは、必然だったのかもしれない。

彼らが出会ったのも、イリヤのやさしさが導いたことだった。

イリヤは密猟者の罠《わな》にかかったディーマの仲間を助けたことがあったという。罠から外し、手当てをして逃してくれた、それをきっかけにディーマと親交を持つようになった。

大らかで頼もしい山の王と、思いやりのあるイリヤ――互いに惹かれ合い、やがてそれは性別も種も超えて、恋心へと成長していく。

そんな矢先だった。

「イリヤは本当につましく暮らしていたのです。薬草も最小限しか採らなかったのですが、あの年は違いました」

「あの年？」

伊里弥は聞き返した。

「ええ。その年は飢饉《ききん》で作物の値が高騰《こうとう》していました。だからいつもよりも余計にお金が必要だった。でなければ食べていけなかったから」

イリヤは仕方なく、普段は入らずにいた山の深い部分にまで登っていき、高値で売れる珍しい植物を採らなくてはならなくなったのだった。

危険な場所での採取で、イリヤは遭難してしまう。滑落《かつらく》して脚の骨を折った。たったひとりで登った山だ。助けなどない。

「そこにディーマが偶然通りかかりました。もとがわたしたちの縄張りです。たまたま通りかかったのですが、倒れているのがイリヤと知って、ディーマは彼を救ったのです」

互いに惹かれ合い、好き合っていたのだ。きっと気が気ではなかっただろう。

ミハイルは続けた。

「ですが、イリヤの命の火はもう消える寸前でした。だからディーマは——おそらく魂、と表現するのが近いと思うのですが、自分の目をくりぬいてイリヤに授けたのです」

「目を⁉　どうして⁉」

「ディーマは王として特別な力を大地の神から与えられています。ことに彼の目にその力が大きく宿っています。ディーマは神の許しを得て目を石にし、イリヤに与えました。……人間のイリヤはそれを身につけることでディーマの力の恩恵を受けられることになったのです」

「これが……」

伊里弥は石をもう一度じっと見る。そんな力があったなんて。そのような力は実感したことがなかった。

「不思議そうな顔をしていますね」

「だって、そんな力があるなんて。ちょっと信じられなくて」

「そうかもしれませんね。それは心が繋がり合ってはじめて本当の力が発揮されるそうですから。ただ持っているだけでは大地の神の加護も微々《びび》たるものなのでしょう。でもいくらかはなにか感じることがあったのではないですか？」

聞かれて、伊里弥ははたと思い当たった。もしかして——。

「……猫によく好かれます。いつの間にかよく寄ってきて。……そうか、これがディーマの目ならそのくらいの力があって当然なんですね。あ、それから夢を……」

幼い頃から見ていた夢もそのせいなのだろうか。

夢？　とミハイルに聞き返された。

「夢を見た。小さい頃からずっと同じ夢を。金色の虎の背中に乗って、森を駆ける夢……」

それがこの指輪のせいだとしたら。物心ついてから伊里弥は、この指輪をお守りとして身につけていたのだから。

留学を決めるまでこのシベリアの地に強く惹かれたのも、それから空港でディーマにキスされても拒めなかったのも――。

「きっとその指輪が見せていたのかもしれませんね。イリヤの思い出をあなたに。それに多少は役に立ったのですよ。その石がこちらにやってくることは、石に宿っている力を感じたディーマが知ることができましたから。そうしたらあなたがそこにいて、あなたはイリヤにそっくりだった。ディーマはどれほど動揺したことか。そしてあなたを欲したのも……」

恋人だったイリヤが、時を超えて戻ってきたと錯覚してもおかしくはなかった。それほど今の伊里弥の容姿は、ディーマとイリヤが仲睦《むつ》まじく過ごしていた当時とそっくりだったようだ。

「話を元に戻しましょう」

ミハイルは話が逸れましたね、と複雑な表情をしながら続けた。

石が近くにある限り、ディーマの力は衰《おとろ》えることはなかった。いつでもイリヤはディーマの側にいたし、ディーマもイリヤを離すことはなかったという。彼らは蜜月《みつげつ》で愛し愛されて暮らしていたのだ。

「けれど、それも長く続くことはありませんでした」

にわかにミハイルの声が沈みきったものになった。

それからの話は伊里弥も聞くことが辛かった。

当時虎やユキヒョウ目当てに密猟者がかなり多くおり、頻繁に山狩りが行われていたらしい。虎の骨は漢方に。また肉は富裕層に強壮《きょうそう》目的で食されることもあった。しかも毛皮は高値で売れる。現在は極東地域にしか生息していないシベリアトラも、かつてはこのアルタイ山脈まで広く分布していたが、乱獲によって見る間に個体を減らしていった。

ディーマも普段は警戒していたが、あちこちで頻繁に行われる山狩りから皆を逃すために疲《ひ》弊《へい》していたこともある。

大がかりな山狩りに気づくのが遅れた。近くまで密猟者が迫っていることにまったく気づかず煩悶《はんもん》した。ただの人間であるイリヤを連れて逃げるのはリスクが高すぎたからだ。

獣である自分たちならすぐ逃げられる、が、イリヤを伴うとなると話は別だ。

しかし手放すことはできない、そうディーマが思っていると、取り巻きのひとりがイリヤは密猟者のスパイではないかと言い出した。

イリヤが来てから、山狩りが多すぎるというのがその根拠だった。

ディーマは信じなかったが、家臣はまことしやかに説を組み立て、ディーマを納得させようとする。ミハイルがそんなことはないと言ったが、いったん疑心暗鬼が生じると疑わずにはいられなくなる。

そんな中、ディーマが偵察から戻らないことがあった。ディーマが密猟者に捕まったという噂《うわさ》が流れる。イリヤがスパイではないかという説は信憑性を増した。

渦中《かちゅう》のイリヤはある日突然虎たちの前から姿を消してしまった。

イリヤが姿を消したことでますます疑惑が募《つの》る。

おまけにすぐに密猟者がやってきた。そのときディーマが戻ってきて、イリヤの姿がないことに動揺する。周りの者はそれみたことかとディーマに言い、ディーマもイリヤが密猟者を手引きしたのではと疑ったあげく、戻ってこない彼を裏切り者として憎んだ。

「どうして？　イリヤはそんなことする人だったの？」

いいえ、とミハイルは首を振った。

「彼はそんな人間ではありませんでした。けれど、あのときは……ディーマすらイリヤを信じようとはしませんでした。それほど当時のわたしたちは混乱しきっていたのです」

ディーマはその後、密猟者から逃れる途中に銃で撃たれ重傷を負った。そのためもうイリヤを捜すこともできずにこの山奥深くに逃れることしかできなかった。

逃れたはいいが、山へ入ってくる密猟者がいる以上、まったく安全とは言えない。彼らはどこにでもやってくる。絶滅の危機をディーマたちは迎えていた。

そこで大地は自ら結界を張り、人間を遠ざけてディーマたちを救った。大地にとって彼らの存在は必要不可欠であったから、死に絶えることをよしとしなかったらしい。さらにディーマをはじめ、傷ついた虎たちを癒やすために深く眠らせた。

彼らが目覚めたときには何年もの月日が経っていて、イリヤの行方はわからなくなっていた。

またディーマの力も目覚めたときには弱くなっていた。ディーマの力を分け与えた石をイリヤが持っていたこと、そして石がディーマの側から遠く離れてしまったことで彼の力は半減したのだろう、とミハイルは語った。

「これがすべてです。……ディーマが伊里弥様にしたことはとんでもないことだとは思いますし、許してくれと言うつもりもありません。ですが……彼にもあなたに執着する理由があったということを知っていただきたかった。あなたは彼が愛したイリヤのひ孫で、そして本当によく似ている。……おまけにディーマの目を持っているのだから」

イリヤ……曾祖父がどんな人だったか伊里弥にはわからない。けれど祖父の話によると、亡くなるまでロシアに帰りたがっていたということだった。

それはディーマのことを忘れられなかったためなのか、それともただの後ろめたさからなのか。

事情をミハイルから聞いたものの、伊里弥はすべては納得できずにいた。

ディーマは裏切り者に罰を、と言ったが、ならばなおのこと伊里弥を生かしておくのが理解できない。

いっそ殺してしまえばいいものを。

彼が伊里弥を殺すタイミングなどいくらでもあった。やる気になればいつだって、どこでだって、彼は伊里弥を手にかけることができたはずだ。

イリヤの話と、それから指輪のことを聞かされても伊里弥にはまるで納得がいかなかった。当たり前だ。それなら指輪を奪うだけでいいのに。なのになぜディーマに体をいいようにされなければならない。

悶々《もんもん》と考えながら夜を過ごし、その理不尽さに憤《いきどお》りを覚える。

「くそっ！」

ベッドの上にあるクッションのひとつをドアへ向かって投げつけた。どうしてもあのドアの向こうには行けない。こんなことをしてもどうにもならないとわかっているのに、行き場のない怒りをぶつけるしかなかった。

「はは……」

結局クッションに八つ当たりしても、拾いに行くのは自分だ。なんて間抜けなことをしているのだろう。伊里弥は空しさに乾いた笑い声を立てる。

ベッドから降りて、クッションを拾いに行くと、突然ドアが開いた。

「……ディーマ」

陵辱されたあの夜からはじめて現れたディーマの姿に、伊里弥は反射的に怯えた。それは本能的な恐怖でもあったのかもしれない。自分は彼の獲物で、彼は自分を食らう獣なのだから。

「なにを怯えている」

じろりと睨まれ、伊里弥はごくりと息を呑んだ。

「べっ、別に……。それより……なにしに来たの」

伊里弥はじりじりとあとじさりながら聞く。

「なにしにとはご挨拶だな。ここはおれの館だ。自分の妻の許を訪れるのに許可がいるのか」

「妻って……」

「何度も言ったはずだ。おまえはおれの花嫁だと」

「はな……よ……」

やはり本気だったのか。相思相愛だったイリヤならともかく、今の自分に花嫁になれとは傲慢すぎやしないか。

この前されたことを思い出し、伊里弥は体を震わせた。

「イリヤはおれのつがいだったのだからな。あれがおれの目を持ったままおれを裏切り、おれの許を去ったのだ。だったら子孫であるおまえが責任を取って、その代わりを務めるのは当然だろう?」

ディーマは伊里弥を睥睨《へいげい》する。

ひどい、と思いながら伊里弥が彼を見ると、その目は本気だと告げている。

言っていることがめちゃくちゃだ。

身内とはいえ曾祖父の……伊里弥自身とはまったく関わりがないのに、むりやり花嫁にしようなんてばかげている。

なのに、反論もできずディーマから目が離せない。悲しげな強い瞳で射貫《いぬ》かれるように見つめられて、伊里弥はそのまま動けずにいた。

「……だ、だったら。この指輪を持っていけばいいだろう？　おれだってこんな指輪いらない！　こんな……！」

ようやくの思いで声を出し、伊里弥はそう叫んだ。

えい、と指輪を外そうとしたが、指輪は指に接着剤で貼り付けたようにくっついて外れない。うんともすんともいわない指輪に伊里弥は蒼白《そうはく》になる。

しかもディーマはくっくっと可笑《おか》しそうに笑うだけだ。

「なにがおかしい……！」

「おまえに言われなくともいずれそうするつもりだ。外れないというならその指ごと指輪をもらい受ける。なにしろ、おまえも聞いたと思うがそれはおれの目なのだからな。だが、そのまえにその体を味わい尽くしてからでも遅くはないだろう？　だから……そのときがくるまではおまえがおれの妻だ」

言うなり、ディーマは伊里弥の着ていたものを剥《は》ぎ取り、この前と同じように伊里弥の両手を拘束した。絹の布で伊里弥の両手を縛り、それを頭上で固定した。

足枷をつけ、両手を拘束された伊里弥にはもうどうにもできない。

これからされることを想像して伊里弥はごくりと息を呑む。またあの夜と同じように、自分は彼に弄《もてあそ》ばれる……。

さんざん男を教え込まれた後ろがひくつくような気がし、伊里弥は心の中でかぶりを振った。

そう思っているうちに、さらに彼は手を拘束したのと同じような布で足枷をつけている方の足首とそして太腿をまとめて括《くく》った。

足枷がない方の脚だけが自由だが、そんなものとても自由とはいえない。

やや腰が浮き気味になり、下肢すべてをディーマに見せつけている恥ずかしい格好を取らされることになった。

「この前は無体なことをしたからな。今日はじっくりと可愛がってやろう」

抵抗するのが無駄なことだと、この前伊里弥は思い知らされた。こうなった以上は心を捨て、ディーマの責めが終わるのをただ待つしかない。

伊里弥はぎゅっと目を瞑り、唇を噛んで、これからはじまる恥辱の行為の数々をやり過ごそうと決意した。

「ほう、今日は随分とおとなしいことだ。声を出さないように唇も噛んで。さて……いつまで保つかな」

ははは、とディーマは冷たい笑い声を上げた。

悔しい。悔しくて腹立たしいのには変わりないが、伊里弥は感情を殺すことを優先した。なにも感じない、なにも。

ディーマの声を聞かないようにして、感情を捨てる。

「無駄なことを。イリヤは可愛く身をくねらせ、尻を振っておれのをねだっていた。淫乱なあいつの血を引くおまえだ、さぞかしおまえも淫乱なのだろうな」

嘲るような声でディーマは言い、すぐさま伊里弥の尻奥の窄まりを指で探った。その指にはなにか塗りつけられており、くちゅ、くちゅ、とねっとりとした音を立てている。

ふわりと花の香りがした。この間の香油だろうか、と伊里弥が眉を顰めると、徐々にディーマが指を抜き差しさせている場所が熱を持ちはじめた。

「え……？　あ、……アッ！」

じんじんと後ろが疼きだす。そしてチリチリとなにかが中で蠢《うごめ》くような痒みを生み出した。

「やぁっ！　ひっ、やっ、……あぁっ！」

伊里弥は腰をくねらせる。ディーマの指だけでは痒みが治まらない。なのに、ディーマはすっと後ろから指を引き抜いた。

「いやだっ……これ……かゆ……っ、……ひぃ……ッ」

いったいなにを塗ったのだ。そう思いながらディーマへきっと視線を向けると、彼はにやりと唇の端を引き上げる。

「どうした、そんな目で睨んで」

「うし……ろっ、なに……塗った……の……」

喋る間にも、治まるどころかますます痒みは増す。伊里弥は身をくねらせ、激しい痒みをやり過ごそうとするものの、辛くて堪らない。

「別に。たいしたものじゃない。おまえを楽しませるものだ」

「たの……し……、ううっ、……っく……」

伊里弥が苦悶《くもん》の表情を浮かべているのをディーマは冷ややかな目で見ている。

ベッドの上をのたうち回る伊里弥にディーマはこうも告げた。

「媚薬《びやく》、とでも言えばわかるだろう？　その疼きを止めるには男の精が必要だよ、伊里弥」

刺激に耐えようと噛んだためなのか、伊里弥の唇にはうっすらと血が滲んでいる。その唇にディーマは指で触れた。

「精液は後ろの可愛らしい口で飲んでもいいが、この口で飲んでもいい。どっちでも好きな方を選ばせてやろう」

それを聞いて伊里弥はこの前見た、ディーマの性器を思い出した。

怒張《どちょう》した彼のものは太く、そして長い。男としたら羨《うらや》ましい限りだが、……あれは凶器だ。あれを後ろに埋め込むか、それとも口淫《こういん》するか、と問われている。

にわかに伊里弥の背に寒気が走った。

あんなものを咥えたら、顎が壊れてしまう。かといって、またあの夜のように彼を後ろに受け入れたら……。

伊里弥はどちらも選ばないとばかりに、ディーマの指から逃れるように顔を背けた。

むりやりされるのも屈辱的だが、それでも自分の意思ではないと言える。それは最後まで残しておきたい伊里弥なりのプライドだった。

「そうか。どっちも嫌か。でも辛いだろう？」

クックッ、とディーマは喉を鳴らして笑う。

辛い、辛くて気がどうにかなりそうだ。けれど彼の言うままに屈する気にもなれない。

「それじゃあ、自分でどうにかするしかないな」

そう言いつつも、彼の口調にはなにか含みがあるように思えてならない。嫌な予感がした。

「おまえが選んだことだよ」

言いながらディーマは持ってきた黒い箱の中からなにかを取り出した。

黒く艶光《つやびか》りしているそれは男性器を模した大きな張り形《かた》だった。その隆々とした卑猥な形は、この前見たディーマのものを彷彿《ほうふつ》とさせる。てかてかと光る表面がいっそういやらしさを増していた。

伊里弥はそれを見てぞっとする。嫌な予感ほどよく当たるというのは本当のことらしい。

ベッドの上にいて、これ以上逃げられないというのに、体はじりじりとディーマから距離を置いた。

「奥の痒みはおまえの指では届かないだろう?」

ディーマは張り形に先ほどの媚薬を塗りつけ、伊里弥の尻に宛がった。

「ひ、ぃっ――――ッ!」

伊里弥の蕾は、ぐいと押し込められるその張り形の太さに合わせて広がりだした。ぬるりと媚薬入りの香油が張り形を中へと導く手伝いをする。

広がった襞に香油がさらにまぶされ、痛みなのか痒みなのかわからない刺激に伊里弥は悲鳴を上げた。

冷たい塊《かたまり》は容赦なく、伊里弥の中に分け入っていく。

その圧倒的な大きさに伊里弥は目をこれまでにないほど見開いた。

「ああぁっ! ひぅ……っ、う……っ」

楽に飲み込める大きさではなく、またさほど慣らしてもいない蕾では無理もない。めりめりと押し入る張り形によって、後ろの襞はこれ以上なくピンと張ったままになっていた。

「あ……あ……ぁ……」

瞬きもできず、また唇も開きっぱなしで閉じることができない。

ぱくぱくと伊里弥は金魚のようにやっとの思いで呼吸するだけだ。唯一自由になっている片足の爪先でシーツをかき寄せる。

決して入れたくはないという伊里弥の蕾の抵抗をよそに、ゆっくりと確実にそれは侵入する。

ぬちゅ、と音を立てたとき、張り形の一番太い部分がぬかるんだ中に入り込んだ。

「ほら、ずっぽりと咥えて。ここもきれいな色になっている」

充血しきった伊里弥の蕾の襞をディーマは指の腹でそっと撫で回した。襞に触れるか触れないかの微妙なタッチに伊里弥の体はぶるぶると震える。きゅっと後ろを窄めると中の粘膜が絡みつき、ありありと張り形の形を実感させられた。

「ひっ……ひ、ぁ……あぁ……ッ」

ぐり、とディーマが張り形を捻る。伊里弥はビクンと背を反らせた。捻りながら、ディーマは張り形をさらに奥へ押し入れる。

伊里弥は尻に入れられているもののせいで脚を閉じることもできず、また手首も拘束されて、シーツを掴むこともできない。ただ尻の奥深くまで侵す卑猥な道具の感触を味わうだけだ。

喉元までせり上がる圧迫感を堪えつつ、媚薬の刺激と淫具が擦る感覚に腰を揺らす。

そして伊里弥の意に反してそれは確実に快感をもたらしていた。

「どうだ、具合は」

意地の悪い声でディーマが聞く。

答えられるはずもない。伊里弥は、はっ、はっ、と短い息を漏らしながら、頭を振って肉壁の刺激を堪えていた。けれどいつの間にか勃起《ぼっき》したペニスと、そこから淫らな雫をこぼしている様が感じていると訴えている。

しかもディーマが張り形を動かすたびに、ふるりと先を震わせて、とろりと蜜を流すのだ。

「他愛ない。こんな玩具で感じてるとはな。淫乱なやつめ」

奥まで張り形を埋めると、ディーマは蔑むようにそう言った。

そんなの妙な薬のせいではないかとか、そもそもこんなことを強制させているのは誰だとか、言いたいことは山ほどある。

――感じているわけじゃない。決して自分は感じてなんかいない。

だが、自分自身の股間に目を遣ればそれが興奮して悦んでいるのは明らかで、快楽に弱い体を伊里弥は呪った。

「そうだ、おまえはこっちも感じるのだったな」

揶揄うような口調で言いながら、ディーマは張り形から手を放した。そうしてためらいもなくディーマの指が今度は胸に置かれる。

「あっ……んっ……」

指は乳首をくにくにと弄りだす。

そこはもう感じる場所だと体が認知して、じんと体を痺れさせる。甘い疼きが体を駆け巡るが、一番弄ってほしい場所――後ろの孔は張り形からディーマの手が離れた今では放置されたままだった。

奥に張り形を咥えたまま、動かされることもなく、乳首だけを弄られて伊里弥は悶絶《もんぜつ》した。

「っ……あ……ッ、い……やぁ……」

尻の中を疼きが這い回る。いくら腰をくねらせても、張り形は動きもしない。中を擦って欲しいと伊里弥は淫らに尻を揺らした。

乳首は揉まれ、捏ねられて、ツンと赤く尖る。揉まれれば揉まれるほど、爪を立てられれば立てられるほど、体に熱が籠もり、それは透明な蜜となってペニスの先から溢《あふ》れ出す。体の奥で快感が渦を巻き、なにも考えられなくなっていった。

「……そろそろか」

だからディーマがそっと呟いた声も伊里弥は聞こえなかった。

伊里弥の手首と脚を縛りつけていた布が突然解かれた。自由になった手脚がシーツの上に置かれる。

ディーマは伊里弥の乳首に舌を這わせ、ちろちろとくすぐるように愛撫する。また彼の手が伊里弥の陰嚢に添えられ、揉まれた。竿に指の腹が這い、裏筋《うらすじ》を撫でていく。

「ああ……んっ、……ん……ぁ……」

それは途方もない快感だった。なのに後ろはなにもされない。それがいかに辛いことか。

快楽という名の地獄に伊里弥は落とされているような心持ちになっていた。

触って欲しい。弄って欲しい。擦って――。

いつしか頭の中はそれだけでいっぱいになる。

シーツの上に置かれた伊里弥の手がピクリと動いた。

その手は徐々に自らの尻へと引き寄せられるように移動する。そうして、《それ》が手に触れた。

伊里弥は一瞬躊躇するように触れるまいと手を握るが、次第に握った指が開いていく。

再び《それ》に指が触れた。

そのときディーマの手が伊里弥の手とそれ――尻に埋め込んだ張り形――とを一緒に掴む。

「アッ！」

伊里弥の背がぐんと反った。

ディーマはさらに伊里弥が手にしている張り形をぐいと動かした。

「アア……ッ！」

それは凄まじいまでの快感だった。ふるふると伊里弥は体を震わせ、仰け反って喉を晒す。

すかさずディーマは伊里弥の手を放し、乳首を吸った。

あとは落ちるだけだった。

伊里弥は自ら張り形を動かす。はじめはおずおずとしか動かなかった手が、次第に大胆になっていく。

「ああ……ん、……ん……あ……ぁ……」

もうなにも考えられなかった。自ら張り形を動かしやすいように姿勢を変え、ひたすら快楽を追いかけた。膝《ひざ》を立て、腰を浮かせて淫らな遊戯に浸る。

ぬちゅ、ぬちゅ、といやらしい音を耳にし、ダメだと思うのにそれでも手を動かすのをやめられない。

ディーマはもう伊里弥の体には触れていなかった。けれどもうそんなことすらわからないくらい行為に没頭する。

だが、擦っても擦っても後ろの疼きは止まらなかった。

「伊里弥、こっちだ」

ディーマが伊里弥の顎を掴んだ。ぼんやりとしていると、ぐいと顔の向きを変えられる。

「あ……」

伊里弥の鼻先に、ディーマの滾ったものが突きつけられる。

血管が浮いて張り詰めた充溢《じゅういつ》。その先は既《すで》に濡れている。

ディーマは半開きになっている伊里弥の唇にそれを押しつけた。

「上手《うま》くできたらその痒みを止めてやろう」

辛いだろう？

いつになく優しくディーマが囁く。

それは魅惑の言葉だった。この後ろの疼きをなんとかできるのなら……。とうに判断力も思考力もなくなっている伊里弥は、押しつけられた彼のものを咥えようと自ら口を開いた。

「さあ、舌で舐めてごらん」

耳に響く言葉はまるで催眠術だ。伊里弥は言われるままに舌を伸ばし、ぴちゃ、と先っぽを舐めた。

やや塩味と苦みも感じられるにもかかわらず、それは今の伊里弥には甘露《かんろ》にも等しいものだった。

口の中に彼のものを含み上顎《うわあご》に触れると、じゅん、と体の奥が熱くなる。

「吸ってみろ」

言われるままに先っぽを咥え、ちゅぱちゅぱと吸い、それから舌を裏筋に這わせて舐め上げる。竿を扱けと言われればそうした。

「咥えろ……そう……そうだ」

口いっぱいに頬張《ほおば》ると苦しさに眉を顰めた。なのに彼は容赦なく、伊里弥の喉へその大きなものを突き入れる。

「ん……ぐ……ぅ……っ、うう……」

あまりの苦しさに目尻から涙がこぼれる。喉を塞がれながら、男のものをしゃぶり続けていた。口の中でぴくぴくと動く生々しい肉の感触。雌扱いされ、それが悔しいと思うのに、なぜか体は熱くなるばかりだ。

——精液を……。

精液を飲めば、この恐ろしいほどの刺激も止まるとディーマは言っていた。

欲しい、ここから出される白いものが。

伊里弥は夢中になってディーマをしゃぶる。絶え間なく訪れる後ろの痒みに尻を振り、ディーマを口淫する姿はひどく淫らなものだった。

くっ、とディーマの喉が鳴った。かと思うとすぐさま伊里弥の中から一気に張り形を抜いた。

「ひっ！　ひ、ぁ……っ！」

いきなりでは堪ったものではない。ずるっと引き抜かれ、そのあまりの刺激に伊里弥はびくんびくんと体を震わせた。

ディーマは伊里弥を仰向けにし、脚を開いて二つ折りにする。つい今し方まで張り形を咥え込んでいた伊里弥の後ろの孔はぱっくりと開き、赤い襞を露にしている。蕾が花を開かせたようなそこを一息に貫かれる。

「アァ————っ！」

絶叫と共に、伊里弥のペニスから白い蜜が迸った。

「あ……あ、あ……ぁ……」

ビクビクと体を戦慄かせる伊里弥の中は、達したばかりで敏感になっている。ディーマがほんの少し動くのでさえ感じやすくなっている体には辛く、そのたび伊里弥は悲鳴を上げて啜《すす》り泣いた。

さすがに可哀想に思ったのか、ディーマが伊里弥の開きっぱなしの唇に口づけをする。深い口づけを受けながら、ディーマの背に腕を回した。

密着するディーマの体から汗の匂いがし、それはことさら伊里弥を翻弄《ほんろう》する。自らねだるように唇を求める。

するとディーマの瞳が戸惑ったように揺れる。だがすぐに「動くぞ」と低く唸るような声が聞こえ、口づけはされることなく、彼は動きだした。

「あ、あ、……待っ……んっ」

ディーマに揺さぶられ、中で動かされるとどうにかなってしまいそうになる。疼く中を彼の剛直《ごうちょく》で擦られ、ビリ、と電流が流れるような痺れを覚える。媚肉《びにく》を激しく擦られ、伊里弥の腰は跳ね上がった。

伊里弥の脚は抱えられ、強く腰を打ちつけられる。

じゅくじゅくと粘膜が灼けるような熱さを覚え、最奥《さいおう》が甘く疼いてくる。伊里弥に快楽をもたらすディーマの肉棒を粘膜で搦め捕った。

「あ、アッ……！　ああ……ん、ん……っ」

伊里弥の声も色を増す。

その声に、ディーマは誘われるように中をかき回した。いやらしい腰の動きが伊里弥の声をもっと切ないものに変える。

「やっ……！　ああっ……っ、奥……っ、あっ、あっ」

まだまだ痒みは止まらない。どれだけ擦ってもらえば鎮まるのかわからないが、ずちゅ、という音を立てながら奥を穿ってもらうのが例えようもなく気持ちいい。なりふり構わず彼の腰に脚を絡めた。

「もっとだ。……もっと乱れろ」

煽る言葉を囁かれ、荒々しく突かれて嬌声を上げた。粘膜とディーマのものが擦れ合う淫らな音と、肌のぶつかる音、そこに互いの荒い息が重なる。

「ずっとおれと共にいると誓え。おれを裏切るな」

ひどく辛そうな声が聞こえた。悲痛とも思える声が伊里弥の耳に強く響く。

裏切るな。

そのひと言に込めたのは本心か。彼の心の寂寥《せきりょう》が痛いほど伊里弥にも伝わる。

「いる……いるから……、あなたといつまでも……」

そう返事をせずにはいられなかった。伊里弥が頷くと同時に、ぐちゅん、と肉の楔《くさび》をねじ込まれ伊里弥は一際高く嬌声を上げる。

「ああ……」

荒々しく穿つ最中に、ディーマが低く喘ぎを漏らした。

気持ちいいのか、彼も、この体を気持ちいいと思っているのか。

そうだとしたらと思うと、きゅん、と伊里弥の中が締まった。するとまた彼は喘ぎのような吐息を漏らす。そんなディーマの目を見ると、ひどく切ない色で伊里弥を見ていた。深い沼のように沈んだ色の目に伊里弥は一瞬彼を抱きしめたくなる。

けれどそれは激しい彼の揺さぶりでどこかへ行ってしまった。

再び快楽へと落とされた伊里弥の口から溢れ出るのは淫らな声だけだ。

いっそう激しく伊里弥を貫く動きに、指先はディーマの背をかきむしる。

「あっ、あ……ッ！　んんっ……！」

がくがくと体を揺さぶられながら、彼のものが最奥へのめり込んでいく。絡ませた脚で彼の腰をぎゅうぎゅうと締めつけた。

さらに揺すり上げられ、泣きじゃくる。

気が遠くなるほどに強く奥を穿たれたそのとき、ディーマの放った白濁が伊里弥の中を濡らした。

「あぁ――ッ……！　あ……あ……あ……」

その飛沫《ひまつ》の熱さに伊里弥はビクビクと中を痙攣させ、自らも絶頂に達して白いものをびゅくびゅくと放つ。

「あ……ぁ……ああ……」

痺れるような快感が消えない。それは媚薬によって引き起こされたあの途轍《とてつ》もない刺激とはまた違っている。

快感が止まらなかった。

びくびくと体を小刻みに震わせながら、伊里弥はまだ中に入っているディーマを締めつけようとしている。

「は、とんだ淫乱だ」

嘲る声が聞こえたが、伊里弥の頭はそれを理解しようとしていなかった。

「貪欲《どんよく》だな、おまえは。……それでいい……もっとおれを欲しがれ」

ディーマはいったん伊里弥から己を引き抜くと起き上がって座り直し、伊里弥を抱き起こした。

そして伊里弥を自分の上に座らせ下から穿ち突き上げる。

「ひぅっ！　あ……ぁ、んっ」

ぐちゅん、とたった今放ったばかりのディーマの白濁が突き上げで溢れ出る。ぐちゅぐちゅと結合部からひっきりなしに濡れた音が響いた。

間髪《かんはつ》を容《い》れずに叩きつけられる欲望に伊里弥は訳がわからなくなる。

押し寄せる快感に身悶《みもだ》えて、乱れ、喘ぎながら彼を受け入れる。

何度気を遣ったか、何度射精したか。

「まだまだ。まだ終わらせないよ、伊里弥……」

その言葉のとおり、ディーマはまた違う体勢から伊里弥に彼自身を突き入れる。肉棒で抉られながら伊里弥は掠れきった声しか上げることができない。そして彼の言葉どおり、いつまでも終わることなくそれは続いた。

＊＊＊

「伊里弥様……まだ食欲がないのですね」

心配そうにニーナが覗き込む。

絶え間なく犯されたせいで体はぼろぼろだった。おかげでろくに食欲もない。

けれどこうして伊里弥の世話をしにくる彼女がいじらしく心配をしてくれるものだから、伊里弥はいくらかでも食事をするようになっていた。

とはいえ今日は少し考えごとをしていて、まだ持ってきてくれた食事に手を付けておらず、なのでニーナにこうやって気遣われている。

「あ……ごめんね。ありがとう、大丈夫だよ。ちょっと考えごとしていただけ」

彼女を安心させるように、いただきます、とスプーンを手に取った。

野菜と肉の入ったシチューは伊里弥の体を温める。

ひとさじすくって口に運ぶとニーナが安心したように微笑んだ。

「よかった……。伊里弥様死んじゃうんじゃないかって思っていましたから……」

毎日ひとりで起き上がることもできずにいた伊里弥が気がかりだったという。顔色も悪く気《け》怠《だる》い表情の伊里弥は、さぞかし哀《あわ》れに映ったことだろう。

「心配かけてしまったね。……シチュー美味しいよ」

ニーナの目の前で二口、三口、と続けざまにシチューを口にすると、彼女はぱっと笑顔を作った。

「おかわりたくさんありますから。たくさん召し上がってくださいね」

うん、と小さく返事をして伊里弥はシチューを口にする。

これまでほとんど動くことができなかったとはいえ、精液まみれの体やシーツをニーナに見られているのはやはり後ろめたく、いたたまれない。けれど彼女は嫌な顔ひとつせずいつも手際よく世話をしてくれた。

「わたし、ディーマ様が伊里弥様にあんなにひどいことなさるなんて思わなくて。今だってずっとこんなもので繋いで。ずっと素晴らしい方だと思っていたのに、見損《みそこ》ないました」

ニーナは伊里弥に着けられている足枷へ視線を落とす。

当のディーマといえば、数日に渡って伊里弥を苛《さいな》んだが、いくらか気が済んだのか昨日から姿を見せていない。

ほっとすると同時に、妙な気分でもあった。

実際伊里弥はひどいことをされていることに変わりはない。まるで玩具のように伊里弥を抱くディーマのことは許しがたくもある。

——でも……。

彼が時折見せる目が気になっていた。一番はじめの時からそうだったけれど、辛そうな表情をしばしば見せる。戸惑いも怒りも愛しさもすべてを押し込めて融かしきったような、複雑な目の色が伊里弥の心をかき乱す。

伊里弥、と呼ぶ声に重ねる色に愛しさを覚えることもあった。

そして確信したのだ。

彼がいまだに欲しいのは——イリヤだ。伊里弥ではない。

伊里弥はイリヤの身代わりとしてのただの人形だった。伊里弥自身を欲してはいない。

彼はイリヤを心の底から愛していた。いや、今でも愛している。だから本当はもう一度会いたかったのに違いない。

イリヤは彼にとっては裏切り者かもしれない。けれど、それでもディーマはイリヤに会いたかったのだ。

伊里弥はそれをディーマに抱かれながら、まざまざと実感していた。

ひどくされても、本当の意味でひどい行為は決してしない。感情を叩きつけるようなセックスはしても、伊里弥を傷つけることはしなかった。行為の合間に見え隠れする彼の戸惑いや、それからごくたまに見せる伊里弥を愛おしむような仕草、それから……イリヤと呼ぶ悲痛な声。それらすべてが彼自身どうしていいのかわからないということを告げている。

きっと、彼は長い間愛憎に苦しんできたのだろう。愛しい恋人だったイリヤが目の前から去り、そして力が弱まり、長くない命を覚悟した。そのイリヤが持っていた石が百年を過ぎて近づいてくる。それを知った彼の喜びはいかばかりだったか。もしかしたらイリヤが生きているのかと期待したかもしれない。再びイリヤを抱きしめられる、そうも期待したとしたら。

けれどイリヤは亡くなっている。残っているのはこの指にあるディーマの目だけだ。

ディーマの気持ちを思うと伊里弥の胸が痛くなった。相手が自分の曾祖父だからこそなお。仮によんどころない事情でイリヤがディーマの許を離れたのだとしても、今伊里弥がここにいる以上、イリヤはディーマの愛を裏切って、他の女性と子を設けたのは事実だ。だからこそこうして自分がここにいる。

――おれでディーマの気がすむなら……。

セックスで情が移る、とはよく聞く言葉だが、まさか自分がその気持ちを味わうとは思わなかった。体を合わせ、彼の複雑な気持ちに触れて、伊里弥はいつしかディーマを拒絶する気にはなれなくなっている。それどころか……。

「伊里弥様?」

声をかけられて我に返る。

「あ……ごめんね」

「いえ、まだ体がお元気になられていないのですもの。ゆっくり休んでくださいませ」

「ありがとう。……ねえ、ニーナ、ディーマのことあまり嫌わないであげて」

ニーナは、え? と伊里弥を見る。

「う……ん、なんて言っていいのかわからないけれど……。ディーマのしたことをおれも全部許せるわけじゃないんだけど……でも。お願い。彼はおれに当たるしか……今はそれしかできないんだと思う」

自分でも笑えるくらい呆れていた。きっとこの異常な状態に思考が混乱し、麻痺しているのだろうとも思う。共依存のような関係だとは伊里弥自身わかっているが、それでも構わなかった。それほど彼の悲しみもイリヤへの執着も深い。壊れかけている彼の心をセックスで癒やせるのならそれはそれでいい。彼の望むとおり、イリヤの代わりに償えるなら。

ニーナの手を取って、伊里弥はぎゅっと握る。

「心配してくれてありがとう。でもおれは大丈夫だから」

微笑むとニーナもわかったというように小さく頷いた。

「伊里弥様がそうおっしゃるなら。……実はわたし今まで人間って大嫌いだったんです。だって自然は壊していくし、傲慢だし、それにわたしたちの仲間を殺してしまうし」

ニーナの言葉が胸に痛い。彼らの棲み処《か》を奪ったのは誰でもない人間だ。弁解のしようもない。

「ごめんね……おれたちのせいで」

「わ、ごめんなさい。そんなつもりじゃ。伊里弥様にお会いして全部が嫌な人間じゃないんだなって思い直した、って言いたかっただけで」

一所懸命にニーナは弁解する。

しかし伊里弥は知っている。伊里弥のことを面白く思わない虎たちの方が大半だということを。裏切り者のイリヤが戻ってきたと、彼らは悪意をぶつけてくる。閉じ込められていてさえ、外から聞こえる明け透けな侮蔑《ぶべつ》の言葉に心がささくれそうになったが、こうやってニーナやミハイルがよくしてくれるから耐えられている。

「本当はディーマ様が伊里弥様を連れていらしたとき、やだな、って思っていたんです。だからディーマ様がここに閉じ込めたときもちょっといい気味、なんて思って。でも伊里弥様はやさしいしきれいだし、わたしの想像していた人間とは全然違って……人間がみんな伊里弥様みたいな人ばかりだったらよかったのに」

「おれなんかたいした人間じゃないよ」

「そんな！　伊里弥様はおやさしいじゃないですか。ときどき歌っていらっしゃる声も温かくて……。あんなふうにやさしい歌声をわたしははじめて聞きました。だから……ここのところ歌っていらっしゃらないのが……ディーマ様のせいなのかと思ったら許せなくて……」

まさかニーナに歌を聞かれているとは思わなかった。ここに来てからめっきり歌うことはなくなったとはいえ、気晴らしに口ずさむこともあった。その歌をそんなふうに思ってくれる存在があることに伊里弥の心が温かくなる。

しゅんとした顔のニーナに伊里弥は笑いかけた。

「うれしいよ。大丈夫。ちゃんと元気になるし、それにまた歌も歌うから。今度はニーナの好きな歌を一緒に歌おうか」

「はい！　あっ、伊里弥様、シチューのおかわりはいかがですか？」

伊里弥は首を振った。

「もうお腹いっぱいだよ。いつもありがとう、ニーナ。それよりお茶が飲みたいな。ニーナの淹れてくれる紅茶は美味しいから」

「はい！　すぐにご用意します」

ニーナはシチューの皿を伊里弥から受け取るとすぐさま片付け、代わりにお茶の用意をする。今日はクッキーが添えられていた。

「いかがですか？」

にっこりと笑う彼女はとても可愛い。

伊里弥もにこやかに「美味しいよ」と言いながら、それでも気が重い。ディーマを裏切った、そして彼の仲間からも疎まれているイリヤ。そのことが頭から離れていかない。

どんな人だったのだろう。未だにディーマをあれほど虜《とりこ》にしている彼――自分の曾祖父だけれども、まるで自分とは関わりのない遠い人のように思えた。

＊＊＊

「イリヤ……」

ディーマは伊里弥を眺め、名を呼んだ。そうして伊里弥の足をおもむろに持ち上げ、脚を開かせる。ぐちゅりと音を立て、萎えることを知らない剛直が伊里弥の中に突き刺さった。

「ん、……あぁ、……んっ」

伊里弥の意思とはお構いなしに、中はディーマの肉の形を覚えているらしく、それが入ってくると無意識のうちに後ろが蠢くのが自分でもわかった。

「あ……ッ」

今日ももうこれで何度目だろうと数えることも億劫になってしまったくらい、ディーマが伊里弥の中に放ったもののせいで、後ろはそれをすんなりと受け入れる。

「……おまえの狭いところ……絡み付いて離さないぞ……。ああ、もうこの中もいっぱいだな。……溢れてきている」

もう伊里弥の中はディーマの精で溢れ、尻からとろとろと流れ出している。

体中に彼のものなのか自分のものなのかわからないくらい混じり合った精液を塗りたくられ、べとべとになっていた。

「い……言わないで……」

「なにを言う。おまえは中に出されて感じまくっていただろう？　中を濡らされていくのが好きなくせに。そら……また、中に出してやろう」

恥ずかしい言葉に思わず体に力が入る。中のものを思わず食《は》むように締め付けた。

「イーリャ、いつものように言ってくれ。おれを好きだと」

ぐいとディーマが腰を進め、聞く。

イーリャ、とディーマが口にする名前はイリヤの愛称だ。また今日もディーマはイリヤを抱いている。

好きという答えがなければ、ディーマは伊里弥に辛い責めを科す。それがこのところの常だった。

伊里弥が口にするひと言、日本語ならばたかがふたつの文字だ。けれどそれを聞いてディーマは満足そうにする。胸が痛かった。

たったそれだけの言葉でも彼は欲しいのだとわかり、伊里弥はいつしか本心からその言葉を告げるようになっていた。

「ん……好き、好き……ディーマ……、大好き……」

伊里弥の好きという言葉にディーマは安心したように内腿に口づけた。口づけされた箇所が熱く、伊里弥の体の奥もじゅんと熱くなる。

「はぁ……、ん……」

小さく漏らした喘ぎを合図とばかりにすぐさま穿たれ、激しく突かれる。

「……ぁ…ア…ッ……あ」

幾度となく合わせた体はすべて知り尽くされていた。奥を擦られただけで、体は甘く疼きペニスの先からはいやらしい蜜が滲み出る。

「ぬるぬるさせて……本当にいやらしい」

しつこいほどにそこを責め立てながら、くっくっとディーマは笑った。

あまりの快楽に目眩がする。恥辱でいっぱいになり悔しくて堪らないのに、体は悦びに震えてくねりだす。

「うっ……っ、んッ……っ」

うっとりとした目をしてディーマは伊里弥を犯す。グチュグチュという泡だった音と、腰を押しつけるパン、という乾いた音がただ響く。

「もぉ……や……っ……、やぁ……っ」

拒絶の言葉は無意味だった。

彼を受け入れて伊里弥の中はうねりだす。

「相変わらず嘘つきだな。体の方は嫌とは言ってないぞ」

ぬるりとしたペニスの先をぐるりと指で弄られると腰のあたりが甘く痺れて、中を締めつけた。

「も、いや……も……、だめ……」

ディーマは伊里弥の言葉を無視した。代わりに乳首に噛みつく。

「アァ――――ッ」

痛みが快感に繋がることを、ディーマに抱かれて初めて知った。その刺激に腰をうねらせて、後ろに入っているディーマを欲しがる。

「も、……でない……か、ら……」

「でなくてもいけるだろう？」

ここは、とディーマが媚肉を掻き混ぜた。ディーマが動くと、既に押し込められていた精液が溢れてとろとろと尻を伝う。

「…………ぁあっ」

ディーマの動きが激しさを増した。

伊里弥の足が宙をさまよった。伸ばした足の爪先がぎゅっと曲げられる。

イリヤ、と呼ばれ、中で精を放たれると、伊里弥はペニスからぽたりと雫を落としたきりで、射精もせずにガクガクと体を震わせ、悲鳴を上げて絶頂を極めた。

その直後にどうやら気を失っていたらしい。

「ん……」

ふと伊里弥が目覚めたとき、ディーマが寄り添って眠っていた。

朝焼けで美しい赤に染まった空はさながら淫靡《いんび》な空間を作るカーテンだった。

昇ってくる朝日がつくる光でくっきりとディーマの顔が浮き彫りになる。

長い睫毛《まつげ》。鼻筋の通った美しい顔。

「ディーマ……」

伊里弥はぽつりと呟くように彼の名を呼んだ。

今日も彼は自分のことを時々イリヤと混同しながら抱いていた。

彼が求めていたイリヤと同じ顔をした自分が好きと告げる言葉だけが、彼のよりどころなのだとよくわかっている。

どれくらい彼がイリヤを愛していたのか、伊里弥は体を通じてその深い愛情を知ってしまった。

「……好き」

伊里弥はディーマへ体をもたれさせ、彼の体温を感じながら好きと言葉にした。それは抱かれている間発していたものとは違う。これは伊里弥自身の想い。

(ディーマは……おれをイリヤとしか見てくれない)

彼にとってイリヤは唯一無二で、自分などただの身代わりの抱き人形でしかない。

けれどそれはもう諦めた。彼がイリヤによって傷ついている以上、彼を癒やせるのであればそれでいい。

(だって……好きになってしまった)

傲慢で伊里弥のことなんかこれっぽっちも愛してくれない彼のことを。彼の心にはぽっかりと空洞があって、そのがらんどうな心に寄り添ってあげたいと思ってしまった。イリヤしか彼を満たす存在はないのだろうし、伊里弥では無理なことだとわかっていても。理屈ではないのだ。ただ好きになっただけ。

でも、やはりどうしても、伊里弥はイリヤに嫉妬《しっと》してしまう。ディーマの心のほとんどを占めるイリヤの存在を妬《ねた》んでしまうのだ。しかもそれは自分の曾祖父である。肉親に対して覚える嫉妬心、それが伊里弥は堪らなく嫌で仕方がなかった。

「……どうした」

ん、とディーマが目を覚ます。

眉を顰め怪訝《けげん》な顔で伊里弥を見つめた。

「ううん……なんでもない。ディーマはゆっくり寝て」

「今日は涼しいな。寒くはないか」

虎へと姿を変え、こっちに来い、と伊里弥を呼ぶ。

近頃こうしてときどき彼はやさしくなる。このやさしさが伊里弥に向けられているものではないと知りつつ、うれしいと思ってしまう。

伊里弥は体をずらし、彼の毛皮へ顔を埋め、体ごと埋もれるように抱きついて甘えた。

心臓の音が聞こえる。規則的にトクントクンと振動して聞こえるその音を聞きながら伊里弥も目を瞑った。

イリヤもこの温もりを知っている。それだけでなくもっとたくさんのことも。伊里弥なんかよりもずっと。

普段、ディーマはどんなふうに過ごしているのだろう。伊里弥はここに来る彼のことしか知らない。なにも知らないのだ。

抱き合うだけじゃなくて他の話もしたい。他の場所に行って……そう、一緒に食事をしたり、一緒に庭を散歩したり、他愛もないことをお喋りして、もっと彼の他の顔を見てみたい。

決してイリヤに対抗するつもりはないが……いや、イリヤが知っていて自分が知らないのが悔しいのかもしれない。

彼に自分に対する気持ちがないのはわかっているが、抱かれるだけの人形ではなく、そうすることで彼の心に寄り添いたかった。今以上に深く彼を理解したいから。

ディーマの身にくるまれながら、伊里弥は深い眠りに落ちた。

＊＊＊

目覚めてすぐ伊里弥はベッドを降りようとするディーマを引き留めて頼み込んだ。

「この鎖、ディーマがいるときだけでも外してもらえないかな」

「だめだ」

けんもほろろとばかりの態度だったが伊里弥は負けなかった。

「ねえ、絶対この館からは出ないから。それにディーマがいるときだけでいいんだ。おれ、あなたが普段どんな生活をしているのか知りたい。……おれはあなたのつがいなのでしょう？　だったらもっと知りたいよ。この館のことだって、この部屋から一歩も出ていないからなにもわからないし。あの中庭にはきれいな花が咲いているのに、近くで見ることも触ることもできない」

伊里弥は食い下がった。

そこにいつものようにニーナが現れた。伊里弥とディーマが言い合いをしているから驚いたのだろう、すぐにミハイルを呼んできた。

「どうかなさったのですか」

慌ててやってきたミハイルがディーマと伊里弥の顔を交互に見る。

実は、と伊里弥が事情を説明するとミハイルは少し考える素振りを見せ「よろしいのではないですか。ディーマがいるとき、だけに限れば」とディーマへ顔を振り向けた。

ディーマはむっつりとした顔をしたまましばらく黙りこくっていた。が、しぶしぶというように口を開く。

「おまえがこんなに図太いとは思わなかった。てっきり、うじうじしているだけかと思ったが」

伊里弥の頼みはディーマには意外だったらしい。呆れたように息をつく。

「……好きにしろ」

ミハイルの口添えの甲斐もあって、ディーマのいるときにだけ足枷の鎖を外してもらえることになった。

ただし、それは食事のときとお茶のときにだけ。あとはディーマの気が向いたら。

決して逃げないと強く言い切った伊里弥に根負けする形ではあったし、不本意そうではあったがようやくディーマの口から承諾が得られた。

伊里弥にとってはそれで十分だ。頑《かたく》なな彼は急な変化を望まないだろう。

「では早速お食事にしましょうか」

にこやかに笑みを浮かべるミハイルからプイとディーマは顔を背け、ひとりでさっさと食堂に向かった。

ロシア風の餃子《ぎょうざ》を食べながら伊里弥はディーマの顔を見やる。彼は黙々と食事をし、ひと言も話さない。

「ねえ、いつもこうなの」

伊里弥の見張りがてら側に立っているミハイルに伊里弥は訊ねる。

「ええ、まあ」

ミハイルが苦笑しながら返事をした。

「伊里弥」

じろりとディーマが睨みつけ、慌てて伊里弥は口を噤《つぐ》んだ。

「これも食べろ。おまえは少し食べた方がいい」

ぶっきらぼうな声の彼は、焼いた鶏肉の盛られた皿を伊里弥へ寄越《よこ》す。

「え？」

伊里弥は目をぱちくりとさせた。

「抱き心地が悪くなる。少し太った方がいい」

それだけを言うとさっさと食堂から出て行ってしまった。

「え、ディーマ……これ……」

山と盛られた鶏肉は伊里弥ひとりで到底食べきれる量ではない。食べろと言われても、と途方に暮れた。

「あれであの方は照れているのかもしれませんね」

「照れてる？　ディーマが？」

「ええ。先ほどはわたしも驚きましたけれど。あなたは思っていたよりもしなやかな方だったのですね」

「そう？　そうかな」

伊里弥は目をぱちくりとさせた。

「そうですよ。あなたのような状況に置かれれば、誰しも投げやりになるものです。まともに生きるのを諦めたり、怠惰《たいだ》になる者が多いでしょう。けれどあなたは違いました。……あなたには順応するだけでなく、この状況をなんとか自分なりに改善しようとする前向きさがある。留まろうとせずに、どうにか前に進もうとする強さ、そんなものがあなたに備わっているとはディーマも思わなかったのではないですか」

そんなごたいそうなものではない。けれど、このままではなにも変わっていかないと思ったからこその申し出だった。それを彼らが評価してくれたのだとしたら、見直してくれたのだとしたら素直にうれしい。

「わたしはすてきだと思いましたよ。きっとディーマも驚いたことでしょう。あなたがとても魅力的な人だってわかったに違いありません。ですから伊里弥様にどう接していいのかわからないのでしょう。それにこれまでがこれまででしたし」

「……それでこれなの？」

伊里弥は鶏肉の山を指さした。

「まあ、伊里弥様はそうですね、ディーマの言うとおり少し食べてウエイトを増やしてもいいかもしれません」

目の前の肉を見ながら、伊里弥は誰のせいで痩せたんだ、とさっさといなくなってしまったディーマに文句を言いたくなった。

あれだけ長い間セックスし続けたら体力はなくなるし、食欲だってなくなる。実際日本にいたときよりもずっと体重が落ちた気がする。

やけだ、とばかりに伊里弥は肉にフォークをぐさりと突き刺した。


あたり一面の黄色と白い花に伊里弥は感激していた。

見事なひなげしの群生に目を瞠る。黄色と白のひなげししか見られないのは、これらがすべて野生種だということだ。交雑のない遠い昔からのものだけ。それらはディーマをはじめとする、ここで生きている虎たちのようにも思えた。

風にひなげしの花が揺れる。ひらりひらりとひらめく薄い花弁はシルクでできているようで可憐《かれん》で美しい。

どう気が向いたのか、ディーマは館の外へ伊里弥を連れ出した。

「どうして？」

訊ねてもろくに返事がないから、伊里弥は聞かないことにしている。

ディーマとの関係は少しずつ変化しているような気がしていた。伊里弥が足枷の鎖を外して、と言い出してからほんの亀の歩み程度だけれども、ちょっとずつ。

伊里弥自身もいくらか変わってきているのだと思う。そう、ディーマのことを好きだと自覚したあたりからだろうか。

この好きという気持ちが果たして本物なのかどうかはわからない。

――だって、ここにはイリヤが残したディーマの目である石があるのだから。

もしかしたら指輪の石にイリヤの想いが残っていて、そのせいでディーマに惹きつけられていることだって考えられないことではない。だが、それでもなお日ごとにディーマのことを愛しいと感じてしまう。彼のことを考えると、お腹の奥が熱くなって、体内に熱風が吹き荒れるのではないかと思うほどにやるせない思いに囚われる。

かろうじて冷静でいられるのは、イリヤという存在がまだディーマにあるからだと伊里弥自身が理解しているからだ。

ディーマの許を去ってなお、彼を捕らえて離さない自分の曾祖父。

イリヤ以上の存在になれるかどうかはわからないけれど、せめてイリヤではなく伊里弥として自分を見てもらいたい。

「きれい」

伊里弥は屈《かが》み込んでひなげしにそっと口づける。

そのとき「花から口を離せ」とディーマがきつく伊里弥を咎《とが》めた。

「え？」

言われるままぱっと花から口を離す。

「その花には人間には毒になり得る物質が入っている。むやみに口にするな」

ディーマの叱りつけるような口調に伊里弥はしょんぼりと眉を寄せた。

「ごめんなさい。知らなかったものだから」

「……少量ではさして問題もないだろうが、こういうのは体質もある。気をつけろ」

「はい……」

しょげた伊里弥にディーマは深く息をついた。

「……おまえはなにも知らないんだな。イリヤは薬草に詳しかったんだが」

明らかにがっかりしたという表情を見せられ、伊里弥はさらにしょげ返った。やはり彼はイリヤと伊里弥を重ねている。目の前にいるのはイリヤではないと落胆しているのがはっきりとわかる。それは伊里弥の心を傷つけた。が、すぐに気を取り直す。

「……うん、そうだね。なにもできない」

傷ついている心を隠し、平静を装い小さく笑った。なにもできないという伊里弥の声にディーマが顔を上げた。

「なにもできないよ。おれはイリヤじゃないもの。おれができるのはあなたの側にいることだけ。……そしてあなたに抱かれることだけ」

ディーマはじっと伊里弥を見つめている。なにを考えているのだろう。

「でも、いいんだ。少なくともあなたはおれを今必要としているでしょう? いつかいらなくなる日が来るかもしれないけれど、今はあなたがおれを必要としているならあなたに繋がれているから。おれは……ディーマ、あなたのことが好きだよ。だからあなたはおれのこと好きにしていいんだ」

ディーマを見てにっこりと笑う。だがディーマはふんと鼻を鳴らすだけだ。

伊里弥の言葉をディーマが信用しないのは無理もないと思う。

彼に抱かれることをはじめは嫌だと拒否していた伊里弥だ。それが手のひらを返したように自ら好きだと告げるなんて、信じろという方が無理だろう。

(おれだってそう思う)

伊里弥は内心で苦笑した。

でも言葉にすることしかできない。彼が伊里弥を信じるまでずっと言葉にすることにした。

そうして足に着けられている鎖のない足枷に目を落とす。

伊里弥は自分から繋がれることを望んだ。この枷を彼が伊里弥から外すときが来るとしたなら、それは伊里弥を必要としなくなったときだ。

清々しい気持ちだった。

この明るい場所で堂々と、ディーマに自分の気持ちを告げたことで、自分自身も覚悟を決めた。

自然に唇から歌が漏れ出た。久しぶりの歌だ。

伊里弥は広い空の下に声を響かせる。

歌に込めた伊里弥の想いをディーマはわかってくれるだろうか。

ディーマへ視線をやると彼は伊里弥の歌を心地よさそうに聞いている。

伊里弥が一曲歌い終えるとディーマが不満げに「もうやめるのか」と残念そうな声を出す。

「もう少し歌った方がいい？」

くすくすと伊里弥が笑うと、そっぽを向く。「おまえの声は気持ちがいい。こっちへきて聞かせろ」

ぶっきらぼうな声で、けれど満更《まんざら》でもないという雰囲気を滲ませ伊里弥にそう命じた。

そんなふうに過ごす日々は悪いものではないと思えるようにもなっていた。

はじめに約束したとおり、伊里弥は食事とお茶のときにだけ、あとはこの前のようにディーマが気が向いて散歩に伊里弥を同行させるときにだけ鎖を外される。

日々の多くの時間は部屋の中で繋がれて過ごすが、以前ほど居心地の悪さは覚えなかった。

「伊里弥様、このお花こちらでいいですか？」

ニーナが大きな花瓶を抱えてベッドサイドのテーブルに置く。

「うん、ありがとう。……ああ、すごくいい香りだね」

いつも花を見ると伊里弥が目を輝かせるせいだろうか、ディーマは時折こうして花を贈ってくれるようになった。彼なりに気を遣ってくれているらしい。

「前言撤回します」

ニーナがいきなりそう言った。

「前言撤回？」

聞き返すと、ニーナは「はい、前言撤回です」とじっと花を見た。

「ああ、ディーマのこと」

ニーナは以前ディーマが伊里弥に対してひどい態度を取っていたことに対し、とても憤慨していた。尊敬していた彼を一度は嫌いになりかけていた。

「はい。やっぱりディーマ様はあのときどうかしていたんですね。今はこうやって伊里弥様のこと大事にされるようになって」

よかった、と安堵したように彼女は微笑んだ。

「そうだね」

そう、ディーマも以前とは随分違う。伊里弥が話しかけても、返事は素っ気ないが冷たさは感じられない。

むしろ近頃は伊里弥の歌を聴きたいと、せがむようにもなった。

やさしい言葉、慈《いつく》しむ態度——ついこの前は庭をディーマと歩いているときに伊里弥を「おめおめと戻ってきたのか、この裏切り者め」と罵倒《ばとう》した男がいた。イリヤのことを覚えているようで冷たい視線を伊里弥に向けたが、すぐにその男をディーマは叱責《しっせき》した。そのあとで「気にするな」と庇《かば》うようにそっと肩を抱いてくれた。

そして前のように無理に陵辱することもなくなり、ただふたり寄り添いながら横たわるだけの時間も増えている。

けれど……。

伊里弥はぎゅっと唇を噛んだ。

切ないのだ。とても。

ディーマがやさしければやさしいほど、いたわってくれればいたわってくれるほど、伊里弥の胸は締めつけられるように痛む。

まるで自分が愛されているみたいで、勘違いしそうになってしまう。

彼が愛しているのは自分ではない。今自分に向けられているやさしさはすべて、イリヤへのもの。

きっとイリヤと一緒にいたときの彼が今のようだったのだろう。

かつてここにいたイリヤを追いかけ、目の前の伊里弥を顧《かえり》みてくれないことがこれほど辛いとは思わなかった。

覚悟はできていたはずなのに。それでもいいと決めたはずだったのに。

自分の肉親なのにイリヤが憎くて堪らず、嫉妬心が渦を巻く。

もうイリヤはあなたの目の前には現れないんだよ、あなたが抱いているのはイリヤではなくおれなんだよ、そう何度も叫びたい衝動に駆られ、そのたびに体中を切りつけられるような苦痛を覚える。

こんな苦しい思いが存在するなんて知らなかった。

そう思いながら、今日もここで彼を待つことしかできない。

ニーナがピンと張ってくれたシーツの上に伊里弥は体を横たえた。

明るく振る舞っているつもりだったが、どうやらそうでもなかったらしい。

ある日ミハイルが伊里弥の不調に気づいた。

「どこか具合でも？　薬湯《やくとう》をお持ちしましょうか」

「ううん。別に具合が悪いわけじゃないんだ。……けど」

「けど？」

ミハイルは聞き返す。

やさしく接してくれるミハイルに、伊里弥の鼻の奥がツンと痛んだ。

「な、なんでもないよ。ミハイル、大丈夫だから」

むりやりに笑顔を作った。今にも目からなにかこぼれ落ちそうなのを必死で堪える。

「どうなさったのですか」

伊里弥を案じて声をかけてくれるミハイルのやさしさが身にしみる。

ミハイルなら話をしてもいいだろうか。どうにもならない自分の気持ちを吐き出しても。

「……どうしていいのかわからなくなったんです……」

ぽつりと呟いた途端、せき止めていた気持ちが溢れだした。

「もう生きてはいない人に嫉妬するなんてばかげてるとは思っているんです。でも、ディーマの中にはまだイリヤが生きているって思うだけで……少しはおれのことも見て、ってそんな我《わ》が儘《まま》も言いたくなってしまって……。ディーマはおれのことなんかちっとも見てないのに。ディーマが必要としているのはイリヤだけだってわかっているんです。でも」

切々と語るのをミハイルは黙って聞いてくれた。ただの身勝手な、子どもじみた我が儘だ。なのに真剣に彼は聞いてくれている。

「そうですか……やはり……ディーマはまだイリヤを忘れてはいないのですね。伊里弥様がいらして、もうイリヤを忘れたと、伊里弥様のことを愛するようになったのかと思っていたのですが」

「……こんな話をあなたに聞かせていいのか……わからないけれど、その……ディーマがおれを抱くときも、どこかイリヤとおれを混同していて……イリヤ、って切ない声で呼ばれると……悲しくなってしまうんです。ディーマを裏切ったのに。ディーマの気持ちはまだあの人にあるんだって。裏切ったのに……。イリヤはディーマを裏切ったのに。憎いのでしょう？　イリヤのことが憎いのなら、どうしてあんなふうに切なく呼ぶの……？　憎いなら……イリヤの血を引くおれのこともさっさと殺してしまえばいいのに。その方が……どんなにか……」

支離滅裂《しりめつれつ》なことを言っている、とはわかっていた。けれど吐き出さずにはいられない。ミハイルにただ八つ当たりのように感情をぶつけてどうにかなるものでもないというのに。

ミハイルは深く溜息を吐《つ》いた。

「長い時間がディーマを頑なにさせてしまったのでしょう。ディーマにはあのときイリヤを追い出すようなことをした後悔があるから、どうしてもイリヤの面影のあるあなたに彼を重ねてしまうのかもしれません。イリヤはディーマを裏切れるわけがないのに、僅かに残っていた人間への不信感でイリヤを信じ切れていなかった……。ですからどちらかというと、ディーマの方が先にイリヤを裏切ったとも言えます」

ミハイルの言葉は伊里弥には衝撃だった。

ディーマはイリヤを愛していたのではなかったのか。それなのに愛する者を信じ切れていなかったなんて……。

するとミハイルが「実は」と話を切り出した。

「イリヤはわたしたちに迷惑がかかるのをおそれて、人間がこの山に踏み込んできたときに、一度群れから離れました。他の、イリヤをよく思わない者から人間を手引きしたという疑いがかかっていましたし、それによってディーマの立場があやうくなりつつもありました。きっとほとぼりが冷めるまでと思ったのでしょう。少なくとも今のわたしはそう思っていますが……。多分ディーマもイリヤが去った理由をわかっていました。けれど追いかけることはしなかったのです。どこかでもしかしたら、と仲間同様に疑っていたのだと思います」

いくら愛していると言っても、虎と人間だ。わかりあっているつもりでも細かな気持ちのすれ違いはあって当然だし、それは人間同士だって同じことだ。

種族が異なるならなおのこと、はじめは些細な疑念でも大きく膨らむことだってあるに違いない。

仕方のないことだけれども、きっとディーマはこんな結末になるとは思わなかっただろう。

夢の中でひとりぼっちになったイリヤが泣きながら呼んでいたのはディーマの名だと今ではわかる。イリヤもきっと本意ではない別れに悲しんだのに違いない。泣く泣く別れるしかなかった彼の気持ちが今ならよくわかる。だからその深い悲しみとディーマとの思い出を伊里弥へ夢として見せたのだ。彼だってディーマを深く愛していたからこそ。

「前にもお話ししましたが、ディーマが人間によって傷つけられたときわたしたちは山の奥深くへ逃れました。そのときに神は結界を張ってしまい、さらにわたしたちを深く眠らせてしまった。……だからイリヤはここに戻ろうにも戻れなかったのだと思います。それにこの山の虎たちが絶滅したという噂もありましたから、ディーマが死んだものと思われてもおかしくなかったのかと……」

彼の話にはまだ続きがあった。ようやく目覚めたときには十年ほどの時が経っていたのだという。

「ディーマは目覚めたあと、イリヤを捜しに行きました。そうしてようやく見つけたときには遅かったのです」

「遅かった？」

「はい。イリヤを見つけたのはここからさらに東へ向かう列車に彼が乗ろうとしているところでした。ロシア革命はご存じですか？」

その問いに伊里弥は頷いた。世界史の授業で勉強した程度の知識だが一応は知っている。

「その後、内戦があったのも？」

ええ、と伊里弥は答える。

「では話を続けましょう。当時は混乱の時期でした。ですからこのあたりは、日本経由でアメリカへ移り住もうとする人々が多かったのです。ここにいても自分たちの生活がどうなるのか……不安だったのでしょうね。そして混乱しているモスクワを経て西側へ向かうより東へ向かうルートを取る人がほとんどでした。少し考えてもそちらの方が危険度が低いのですから、そういう選択になりますね。その一団の中にイリヤがいました。傍《かたわ》らには優しそうな女性が、腕の中には小さな赤ん坊を抱いて」

その赤ん坊というのはあなたのお祖父《じい》様ですよ、とミハイルは伊里弥を見る。

「あ……」

十年、という時間は確かに長い。イリヤがディーマのことを諦め、新しい生活をやり直そうと気持ちを立て直すには十分な時間だ。

ましてや人間だ。生活をしていかなければならない。イリヤがディーマを失ってどんなふうに過ごしていたかは誰にもわからない。けれど彼だって傷つかなかったわけではないはずだ。

その幸せそうな様子を見てディーマはイリヤを諦めたのです、とミハイルは寂しげに語った。

「本当はディーマもイリヤが裏切ったなんて思ってはいないと思いますよ。ですが気持ちの折り合いがつかないのでしょう。自分を残して黙って去っていってしまったことには、やはり腹を立てているのでしょうけれど。そして自分以外の者と結婚してしまったから、憎く思ってしまうのかもしれません。そういう意味では裏切ったと思っているのかもしれませんが」

「憎いなら……おれを殺してこの指輪を奪えばいいのに」

「ディーマはあなたの命を奪うような、……そんな冷酷な方でも残忍な方でもありませんよ」

「……そんなの自分勝手なだけじゃない」

八つ当たりめいているとは思ったが、伊里弥がそう言うと、ミハイルは「いいえ」と首を振った。

「それだけなら、それこそ指輪から石だけをはずしてあなたを元の場所に戻せばいいことです。二度と会わない、それだけで。こんな歪んだ形でもあなたを側に置いて、抱きたいというのはやはりそこに強い思いがあるからなのでしょう」

「おれをイリヤの身代わりにして？　……けど、おれはイリヤなんかじゃない」

「わかっています。それはディーマも理解しているはず。けれど、伊里弥様はイリヤにそっくりなのです。見ればどうしてもイリヤを思い出してしまう。イリヤを信じ切れなかった後悔もあるでしょうし、イリヤが自分を捨てたという思いもあるでしょうし、どうしていいのかわからないのだと思います」

複雑なディーマの気持ちを慮《おもんぱか》らなければならないとは伊里弥も頭では理解しているが、それでも心が痛むのだ。

「……ミハイル……おれは……どんどん醜《みにく》くなっていくような気がして……。汚い感情ばかりがお腹のあたりに溜まっていって……欲張りになっていく。それが堪らなく嫌で仕方がないんだ……」

このままこのどす黒い感情を抱《いだ》き続けたら自分がどんなふうになっていくのか、それが怖い。

近頃ではあまり眠ることもできなくなっていた。

「伊里弥様、思い詰めすぎです。……それほどディーマのことを……」

項垂《うなだ》れている伊里弥にミハイルはいたわる言葉をかける。

「ふたりでこそこそと……なにをしている」

不意に聞こえたのはディーマの声だった。いつの間にか部屋に入ってきたらしい。

振り返ると、冷たい目をした彼が立っていた。

「おれだけで飽き足らずミハイルにも言い寄っているのか」

つかつかと歩み寄り、伊里弥の肩をぐいと掴んだ。いつもきれいな青の左目が今は右目と同じような灰色になっている。怒っているのだ。

「い、言い寄るなんて……!」

ひどい、と唇をわなわなと震わせた。そういう目で見られていたのだと思うと悔しくて悲しい。あなたのことで悩んで相談をしただけなのに、と責めたい気持ちにもなったが言ってもきっと届かないのだろう。

すっと手が伊里弥へ伸びた。そしてぐい、と引き寄せる。

「ミハイル、鎖を外せ」

激しい目をして、ディーマがミハイルに命じ、足の鎖が外される。

「来い。おまえが誰のものか、おまえにきっちりと教えてやる」

彼の冷たい声音が伊里弥の胸へ鋭く突き刺さった。

＊＊＊

この宮殿の中にこんな場所があったのか、と伊里弥は驚愕に目を瞠った。

ギイ……、と重々しい扉が開かれる。その途端鼻をついたのは、甘ったるい香り。淫靡で官能的な香りの部屋の中から、いかがわしい声と物音が聞こえてきた。それはひとりやふたりではなく、複数の喘ぎ声と吐息。その声を聞いて、伊里弥の顔はカッと熱くなる。

「ここ……は……？」

おそるおそる見上げ、ディーマの顔を見ると、酷薄《こくはく》な笑みを浮かべている。

「ここはこういうことをする場所だよ。この王宮にいる者の慰安所《いあんじょ》、とでもいうのかな。おまえも知っているとおり我々は一度発情すると止まらないからな」

来い、と強引に手を引かれ、淫猥な色合いの光を発するランプが置かれている間を歩く。毛足の長い絨毯がふかふかとしているが、その絨毯の上で、またいくつも置かれているソファーの上で皆不埒《ふらち》な行為に及んでいる。人の姿だったり、虎の姿だったりと様々なかたちで交わっている。中には複数プレイに及んでいる者もいて、伊里弥はカタカタと奥歯を鳴らしながらさらに奥へと連れていかれた。

薄いヴェールで仕切られた場所があり、そこへディーマは入った。そこにはぽつんと一脚《いっきゃく》の椅子が置かれている。座面の低い椅子だ。子供用だろうか。いやそれにしてはつくりが大きい。

「これはこの宮殿の元の持ち主のところにあったものだ。おまえを可愛がるにはこのくらいしてやらないと」

言いながら伊里弥にその椅子を見せつけた。

「……っ！」

伊里弥はいやいやと首を振りながらあとずさりする。それもそのはずで、その椅子の座面には隆々とした張り形が天を向いて据えつけられている。

「い、いや……っ、ディーマ……っ！」

叫んだ声で、行為に及んでいた周囲の者たちが一斉に伊里弥とディーマを注視する。ひそひそ声と嘲笑があたりに響き渡った。

「そんなに見てもらいたいのか。おまえの声で皆が興味を持ってしまったぞ」

ははは、と乾いた笑い声をたて、ディーマが近くにいた者を呼びつけた。

周りにいた男たちに伊里弥は押さえつけられる。ディーマが椅子の上の張り形にじゃぶじゃぶと液体を垂らした。

「おまえはこの香油も好きだったからな」

着ていたものを強引に剥ぎ取り、裸体になった伊里弥を男たちが担《かつ》ぎ上げる。伊里弥は必死で抵抗した。だがじたばたと身動きするも無駄なことで、伊里弥の脚は男たちによって広げられ、尻は張り形に宛がわれて、ずぶりとそれを飲み込まされた。

「アア――――ッ！」

慣らしもしない後ろをいきなり卑猥なもので犯され、伊里弥は大きな声を上げる。抜いてしまいたいのに、それは許されなかった。

伊里弥を座らせた椅子の脚には伊里弥の脚が、また手首は肘掛けにくくりつけられる。多少腰を浮かせることはできるが、手足をくくりつけられ張り形に塗られた媚薬のせいで体の奥が疼いているため、ずっと立ち上がっていることもできない。そして腰を落とせば張り形が伊里弥を貫く。また座面が低いことによって腰を落とすとしゃがんでいるような姿になり、足が開かれている。なにもかもが丸見えの恥ずかしい姿勢だ。

「今日はおまえをきれいに飾ってやろう」

ディーマが側の男から受け取ったものを手にし、伊里弥へ近づいてくる。それは雫形のサファイヤがついたクリップだった。それにはサファイヤと一緒に小さな鈴がついていて、チリン、と微かな音を立てる。

なにに使うのか、と怯えているとそのクリップで伊里弥の両方の乳首を挟む。

「あっ……、んっ」

きつく挟まれ、またサファイヤの重みでじんじんと乳首が疼く。伊里弥が少しでも体を動かすと、そのたびにサファイヤが揺れ、鈴がリンリンと音を鳴らす。淫らに動けば動くほど、その小さな音は絶え間なく鳴るのだ。

伊里弥は胸を突き出して悶える。

クリップの狭間から膨らんだ乳首が見え、いかがわしい赤い色が嫌でも目に入る。さらに鈴の音が鳴ればその恥ずかしさで後ろが締まってしまい、敏感な粘膜に当たるその刺激で声が出る。

「ん……ぁ、ああ……っ、……あ……」

張り形をたっぷりと湿らせているあの媚薬も尻の中を疼かせた。腰を浮かせ、また腰を沈め、伊里弥は悶絶しながらいやらしい姿をディーマに見せつける。

いつの間にか勃ち上がったペニスからは既に蜜が溢れ出し、股間と椅子の座面をぐっしょりと濡らしていた。

「こんな卑猥な道具でも悦ぶのか」

ディーマに嘲笑され、伊里弥はぼろぼろと涙をこぼしながら首を振る。が、あまりの刺激に喘ぐ声しか出せず、違うと否定しようにも説得力はない。

「ミハイル！　来ているのだろう。こちらに来い。伊里弥がおまえに見て欲しいと言っている」

そんなことはひと言も言っていない。なのにディーマは「ミハイルに抱かれたいのだろう？」と聞く。

「やだ……抱かれたくな……っ」

そう答えても、ディーマは冷めた視線を寄越すだけ。わかって欲しいと思うのに信じてはくれない。

「嘘をつかなくてもいい。さっきはミハイルと仲よくしていたのだろう。ほら、その淫乱な体を見てもらえ」

ディーマは伊里弥たちを囲んでいた薄いヴェールをさっと引く。するとそこにはミハイルが立ち尽くしていた。他にも数多くの者が伊里弥へ邪《よこしま》な視線を向けている。たくさんの色めきだった眼差しが伊里弥の裸体に集まっていた。

「どうだ、ミハイル。伊里弥は。淫らで可愛いだろう？」

言いながら、まるで玩具のように伊里弥のペニスを突いて弄くる。それは強烈な快感で、伊里弥は切れ切れに悲鳴を上げた。

「見、見ないで……っ、あっ、あっ！　あぁ……っ」

羞恥に顔を背けるが、ディーマに「見ろ」と強制的にミハイルの方を向かされる。しかも側にいた男たちに指示をし、伊里弥の体は彼らに両脇を抱えられ、強く上下に揺すられた。張り形が伊里弥の中を擦り愉悦をもたらす。

「ああ……　ああ、あ……」

ミハイルは俯《うつむ》いて伊里弥と視線を合わせないようにしている。

悶えてよがり続ける伊里弥の耳元でディーマが囁いた。

「伊里弥、おまえは誰のものだ？」

「ディ……ディーマ、の……っ、ディー……マだけの……」

「ふん、どうかな」

意地悪く彼は伊里弥の乳首から下がるサファイヤをピン、ピンと数度ゆびで弾く。

熟《う》れきった乳首への凄まじい刺激に、伊里弥はガクガクと体を揺らした。おまけに弾かれるたび、鈴がチリン、チリンと鳴り、可愛らしい音のはずなのに、もう淫猥な音色にしか聞こえない。恥ずかしさがさらに伊里弥を興奮へ導いた。

「いや……や……ぁ……」

こんなのは嫌なのに意地悪が続く。

サファイヤを揺らされ、赤く尖った乳首を執拗《しつよう》に苛《いじ》められる。

こんなところで射精したくないのに、止めることができない。内股がふるふると小刻みに震えた。

「あ、あ、……あ、ああ……」

いけ、とディーマにサファイヤごとクリップを引かれると、そそり立ったペニスの先からぴゅくぴゅくと白い蜜が噴き出した。

その淫猥な光景にあたりがざわざわとざわめく。食い入るように伊里弥の痴態《ちたい》を見つめてくる者もいて、泣きたくなるほど恥ずかしくて堪らない。

「皆満足したようだ。おまえも見られてうれしかっただろう?」

いいえ、と答えるが、ディーマは未だ冷たい目をして伊里弥を睥睨する。

「そうか。ならば本当におまえはおれだけのものだな? おまえはおれの本当の妻となるのだな」

念を押すようにじっと見つめられ、伊里弥ははい、と答える。いつも言われていることなのに、とは思ったがはいと返事をしたのに偽りはない。だって愛しているのだから、と心の中で呟く。

するとディーマは伊里弥の拘束を解き、這いつくばらせた。

いつものようにすぐ彼のものが入ってくるのかと伊里弥は思ったが、なかなか入れてくれない。焦れたように後ろを振り向くと、そこには虎の姿となったディーマがいる。

「あ……」

「どうだ、受け入れられるというのか、これでも。おれの妻になるというのはこういうことだ」

冷たく言い放つディーマに伊里弥はこくりと頷いた。

ここで拒めばディーマは伊里弥のことを二度と信じようとはしないだろう。それに彼は彼だ。たとえ虎の姿でも、彼ならば受け入れられる。

「獣に犯されるというのに」

自嘲するような声がするなり、伊里弥の背後に金色の獣がのしかかる。背中を棘のある舌で舐められて、伊里弥は思わずあられもない声を上げた。ひげがあちこちの肌に当たり、くすぐったい。それに……。

「ああ……んっ！」

ねろりとその舌で後ろの蕾を舐られ、舌先をこじ入れられてひくひくと喜ぶように蠢く。舌だけでなく、ふさふさとした体毛がさわさわと肌にあたり、くすぐったいようなもどかしい感覚も加わり、伊里弥は身をくねらせた。

そしてとうとう性器が宛がわれ、ずぶりと中に入ってきた。

「ア、アアッ！」

伊里弥はその痛みに顔を顰めた。虎のペニスには棘があるのだ。その棘が伊里弥の粘膜にずぶずぶと突き刺さる。痛みはかなり強く、悲鳴を上げる。しかし痛くて堪らないのに、その痛みがまた快感をもたらした。

ディーマの牙が伊里弥の皮膚に傷をつけていく。ミハイルとふたりきりで話した罰とばかりに、咬《か》み跡を残していく。伊里弥の白い肌に幾筋もの血が滲んだ。

中を激しく突かれ、奥まで棘が刺さる。

「ああ……っ！　ああ、あ……っ！」

息もできないほどの痛み。しかしそこから生まれてくる快感に伊里弥は身悶えた。

あの、以前に見た夢のようだ。

「愛してる……ディーマ……あい……し」

夢と同じに言葉を紡《つむ》ぐ。

獣のあなたでも人型のあなたでも、あなたである以上おれは愛している。

そう言いたいのに喘がされて言葉にならない。

ディーマの責めは止まらない。いつまでも伊里弥を苛み続ける。

苦しくて、苦しくて、けれど……愛している。

「おれを裏切るな」

首筋を舐められ、中を抉られる。

気を失いかけている中で、ぼんやりと「愛している」という言葉を聞いたような気がした。

だがそれは果てしない責めの末に見た都合のいい夢だと伊里弥は思い込む。

気がついたときにはもうディーマの姿はどこにもなかった。

＊＊＊

あれからディーマは伊里弥の許を訪れなくなってしまっていた。

もう一週間近くも顔を見ていない。

あの夜、彼は伊里弥の体のあちこちを傷つけたが、せいぜいがかすり傷程度だったようで、さほど日を置かずに治ってしまっていた。だのに彼はここを訪れる気配がない。噛まれたり爪で皮膚を切られたりしたのはさほど気にしていない。彼本来の姿で抱かれたのだ。どちらかというとそれはうれしかったくらいだったのに。

けれど、その直前にされた人前での見世物のようなセックスは、伊里弥の心を傷つけた。

まだ彼にとって自分は玩具の延長なのだと思い知らされたから。気に入りの玩具をミハイルに取られるかもと、だだを捏ねたような振る舞いと伊里弥の心を踏みにじったことに、どうしようもなく辛い気持ちになっていた。

「ニーナ、ディーマはどうしてるのか知ってる？」

伊里弥はお茶を持ってきてくれたニーナに訊ねた。

ニーナは躊躇する顔を見せ、しばらく黙っていたが、やがて口を開いた。

「……ディーマ様はここにはいらっしゃいません」

思いがけない言葉に、え、と伊里弥はカップを手から落としそうになる。幸いカップにはなにも入っていなかったから、中身をこぼすようなことはなかったが、心臓が止まりそうなほどそれは衝撃的だった。

「それはどういう……?」

「伊里弥様には関係ないからと、口止めをされていたのですが」

ここ数年人間界との結界に亀裂《きれつ》が入ることが多くなってきたのだという。そのためごくまれに人間がこの世界に紛《まぎ》れ込んでくることがあった。多くの場合はただの迷い人で、うまく誘導すればそのまま戻っていったのだが、最近はそうも言えない状態らしい。

亀裂の入る頻度が高くなり、しかもその規模が大きくなってきた。

結界の修復は大地の神からその力を授かったディーマによってなされるのだが、時折修復前にその亀裂が生じているところから密猟者が入り込んでくることもあるのだとニーナは語った。

「今回もどうやら人間が入り込んでいるらしくて」

その壊れ方がこれまでとは段違いに悪化しているようで、山全体の様子を見にディーマはミハイルたち供の者を引き連れてでかけたのだと言った。

「そろそろお帰りの頃だと思うのですが」

「そう……」

伊里弥の心は沈んだ。彼が王だから忙しいのは当然のことだが、自分が関係ないと言われて蚊帳《かや》の外に置かれたのは、少なからず心を重くする。

ふとニーナを見ると、彼女は伊里弥以上に思い詰めた表情をしていた。

「ニーナ？　どうかした？」

「あ、いえ……」

「どうしたの。おれでよかったら話を聞くけれど」

そう声をかけるとニーナは目を泳がせ、なにか考えたあと「あの」と切り出した。

「実は……ディーマ様たちがおでかけになってから、なんだか嫌な予感がするんです。この前は狼が近くをうろうろしていたようですし」

「狼？」

「ええ。伊里弥様もお聞きになったかもしれませんが、あいつらはディーマ様に代わってこの山の王の座を狙っているのです」

そういえばミハイルがいっとうはじめにそんなことを言っていたな、と伊里弥は思いだした。

狼に王の座が取って代わられてしまえば、この山の秩序が乱れるとも。

「正直なところ、今この宮殿の警備はかなり手薄で……早くディーマ様に戻ってきてもらいたいのですが」

ふう、とニーナは溜息を吐いた。

「そうか……」

それは不安な話だった。伊里弥とて人ごとではない。不安というのは一度覚えてしまうと、よからぬ想像をさらにして、どんどんと風船のように膨らんでいくものだ。とはいえ楽観的になれない状況ではその不安の種を取り除くこともできない。ニーナの言うとおり、早くディーマたちが帰るように祈るだけだった。


ニーナの不安は的中した。

目の前の世界が一瞬で変わる。

伊里弥は凄まじい咆哮《ほうこう》と共に現れた狼の大群に怯えることしかできなかった。

階上から見下ろして目にする真っ黒い集団は、警備の薄い場所をついてそこからなだれ込んでくる。圧倒的なスピードの大きな塊はすぐに館を蹂躙《じゅうりん》しにかかった。

狼は館の中を縦横無尽に駆け抜けた。階下から大きな物音と、哮《たけ》りや唸る声が聞こえ、ここにいてさえ激しく戦っているのが手に取るように伊里弥にもわかる。

それなのに、伊里弥は繋がれたままだ。

今はまだ階下にいるが、ここまでたどり着くのは時間の問題だろう。なにしろ現在のこの館には戦える者が非常に少ない。

皆出払っているこの隙をついて狼らが現れたということは、彼らがずっとここを監視していたということだ。

なにしろ彼らは虎視《こし》眈々《たんたん》と王の座を狙っていたというから、ディーマたちが出かけたのは千《せん》載《ざい》一遇《いちぐう》のチャンスだっただろう。この機を逃すまいと仕掛けてきたに違いなかった。

狙いは自分か、と伊里弥は嘆息する。

あの新月の日、はじめに伊里弥を襲ったのは狼だ。彼らが伊里弥の存在を知っていた可能性は高い。そして伊里弥の手にある指輪のことも。だとしたらこの指輪を持つ伊里弥が狙われてもおかしくはない。ディーマと戦うより伊里弥を襲う方が楽に決まっている。この指輪の石を壊してしまうだけでディーマの力はさらに弱まってしまうのだから。

ここに連れてこられたときには、一度は死を覚悟した。だから命をなくしてしまうかも、という恐怖はないとは言わないが、ある程度は腹を括っている。

むざむざと殺されたくはないがしかし……。

自分はともかくこの指輪だけは奪われたくなかった。だからどうにか指輪だけでも、と思って外そうとしたが、どう頑張っても外れてくれない。まるでなにか別の力が働いているように、伊里弥の指に貼りついたままだった。

このままでは指輪が奪われてしまう。

伊里弥は繋がれている鎖を手に取ってぎゅっと握りしめる。じゃら、と音を立てるずっしりと重いそれは、肉体だけでなく絶望も一緒に伊里弥を繋いでいる。

逃げることもできない自分の身が恨めしかった。

頼みの綱であるミハイルもディーマと共に行動している。伊里弥にはなにもできない。

「伊里弥様……っ!」

バン、と扉を開けて入ってきたのはニーナだった。

「ニーナ! だめじゃないか。逃げろと言われているんじゃないのか」

まだ年若い雌であるニーナは他の子どもの虎と一緒に逃げろと指示をされているはずだ。これから大きくなる子や、いずれ子をなす雌は大事にされている。なにをさておいても逃げろと言われているというのに。

「いいえ、いいえ。伊里弥様を置いていくわけには……!」

「おれは逃げられないよ。だってこの鎖を外す鍵はディーマが持っているし」

「鍵ならここに」

ニーナは伊里弥に鍵を見せた。

「ディーマ様がおでかけになるときにこれをわたしに」

——伊里弥が望むなら……これで彼を解放してやってくれ。

彼は伊里弥を自由にしろとニーナに言い残し、鍵を預けたのだとそう言った。

「ごめんなさい。わたし……伊里弥様にディーマ様と仲直りして欲しくてこの鍵のこと黙っていました」

鍵を外してしまえば、伊里弥はここから去ってしまうと彼女は考えたらしい。

「ディーマ……なぜ……」

「あの方は伊里弥様にひどいことをなさったと後悔しておいでででした。きっともう伊里弥様に嫌われたと思われたのでしょう」

——もう伊里弥は笑ってくれないかもしれないな。

出かける直前にぽつりとこぼした言葉をニーナは聞いていた。

「伊里弥様、伊里弥様はディーマ様のことが嫌いになりましたか？」

覗き込まれ、伊里弥はううん、と首を振った。

「嫌わないよ。……嫌ってなんかない」

ひどい男だなと伊里弥はディーマに少し腹を立てた。

勝手に嫌われたと思い込んで、顔も見せなかったなんてひどすぎる。しかも伊里弥に訊ねもせずに解放してやれなんて、勝手すぎるにもほどがある。

「なんだ、ディーマ様の早とちりだったんですね」

「うん。帰ってきたら、うんと叱らないとね」

ええ、それがいいですね、とにっこり笑いながらニーナが鍵を使って鎖を外す。カチ、と鎖と足枷を繋いでいた錠前が外れる音がし、伊里弥は鎖から解放された。

「ここだ！　いたぞ！」

人間の声を発する狼が部屋に現れるなりそう叫んで仲間を呼んだ。あっという間に数頭の狼が伊里弥を取り囲む。

「ニーナ！　逃げて！」

側にいたニーナは狼から伊里弥を守ろうと、すぐさま虎の姿をとって低い唸り声を上げた。

が、数がまるで違う。

いちどきに数頭の狼がニーナに襲いかかる。

「やめろ！　ニーナに手を出すな……っ！」

引き絞るような声で伊里弥は叫ぶ。

と同時に狼が伊里弥に飛びかかってきた。

＊＊＊

何度こういう目に遭えばいいのだろう。

気絶し意識を戻した伊里弥は自分がなにかの獣の上に乗せられ運ばれていることに気づいた。さらわれたのだと思い至り、なんて自分は足手まといなのだろうと溜息を吐いた。

ディーマの背に乗って、この森へやってきたのがずっと遠い昔のように思えてくる。ふと空を見ると、細い針金のような月が浮かんでいた。

じきに新月だ、と伊里弥はぼんやりと空を仰ぐ。山へ連れてこられたのは新月の夜。あれからひと月近く経っていたらしい。

たったひと月だというのに、伊里弥はディーマによってなにもかも変えられた。

体も、心も。

これほど彼を欲しているのに、彼は自分を手放そうとし、そしてこれから彼ではない者の手で殺されようとしている。

「その前におまえには一仕事してもらう」

ディーマの所有物を奪った証《あかし》として、伊里弥の声をこの森の獣たちに聞かせたいらしい。それはディーマの敗北を意味するからだ。またすぐに殺さずにさらったのは、ディーマをおびき出す餌《えさ》としたかったのだろう。

やはり伊里弥が推測したとおり、伊里弥の指輪を壊し、力の弱ったディーマを倒す。そうすれば自分たちが王になれる、彼らはそう踏んだのだ。

もう利用価値などないのに……。

く……、と自虐的に笑う。自分を餌にしたところでディーマはやってこない。彼が欲しいのはイリヤであって伊里弥ではない。

「ディーマ……」

声に出さないようにそっと唇だけを動かして名前を呼ぶ。

この指輪だけ、どうにか彼に返すことはできないだろうか。そのあとで自分の体がどうなっても構わない。ディーマが振り向いてくれないのなら、どうなろうと同じことだ。

狼の巣穴に連れていかれた伊里弥は、どさりとぞんざいに転がされた。

「うう……」

起き上がろうとしたが、ぐるりと伊里弥の周りを狼たちが取り囲む。戦慄が伊里弥の体を駆け抜け、身動きがとれなくなった。

「おい」

伊里弥をここへ連れてきた狼が人型となってずいと前に出る。

「おまえ……人間になれるのか……？」

伊里弥が目を丸くした。前に虎だけでなく他の獣も人型を取れると聞いたが、そのとおりだったらしい。

「ああ、もちろんだ。人間の形を取れるのは虎だけじゃない。聞かなかったか？」

鋭い視線で睨みつけられ、伊里弥はごくりと息を呑みぶるりと震える。

「しかしこの人間の姿ってのはかったるい。虎たちはなにを好きこのんで人型になってるのか、おれにはよくわからんが。人間の真似《まね》なんぞしやがって服なんか着たって邪魔くせえだけじゃねえか。まったく獣としてのプライドはないのかね、あいつらは。……まあでもあんたを犯すにはこっちの方が都合がよさそうだが――」

彼はクン、と鼻を動かし、にやりと笑った。

「ずいぶん可愛がられてるようだな。ディーマの匂いがぷんぷんする」

ディーマが伊里弥を抱かなくなってから数日経つというのに、どうやらまだ匂いがついているらしい。鼻のいい彼らにはすぐにわかってしまったようだ。

「なあ」

彼は振り返り、仲間の狼へと呼びかけた。

「あのディーマが抱いた体だ。しかも残っている匂いは昨日今日のものでもなさそうなのに、かなり強いときてる。よほど気に入りと見える。こいつの体は相当いいんだろう」

ニヤニヤと好色そうな表情を浮かべて、伊里弥に近づいてきた。ぐい、と伊里弥の顎を掴み、ふふ、と笑った。

「こいつにおれたちの匂いをつけたらディーマの野郎がどんな顔をするのか見ものだと思わないか」

言いながら男は、伊里弥にのしかかり押さえつけた。

周りには大勢の狼がいる。あの大きな口から覗く牙でひと噛みされたならそこで伊里弥の命はおしまいだ。抵抗などまったくできない状況に陥り、伊里弥は恐怖に戦《おのの》いた。

ビリ、と着衣を破り取られ、素肌が露になる。上着だけでなく、ズボンまでがビリビリに噛みちぎられ、丸裸にさせられた。

数頭の狼が伊里弥に群がり、そのざらざらとした人間とはまるで感触の異なる舌で一斉に伊里弥の体を舐める。

「ひぃっ……！」

ディーマではない舌の感触に怖気《おぞけ》を感じ、皮膚がぞくりと粟立《あわだ》った。伊里弥の体を舐めている狼たちは皆一様に性器を勃起させている。興奮した荒い息の生臭さに伊里弥は顔を顰めた。

――嫌だ……！

同じ獣でも、虎の姿をとったディーマとの交尾は受け入れることができたが、そうではない者を受け入れることなど到底できない。

なのに、乳首やペニスをざらりとした舌で舐め上げられると、快楽を知った体は心とは裏腹に容易に反応してしまう。

乳首がじんじんとして、キリキリと尖る。ペニスも硬くなって天を向いた。

「もう感じてるのか。よほど躾《しつけ》がよかったとみえる」

亀頭《きとう》を舐められ、狼の舌が鈴口《すずぐち》に差し込まれる。

こぼれた。

「やっ！　あああっ！　ああっ……」

敏感な場所をこじ開けられるように舐められ伊里弥の勃ち上がったペニスからとぷりと雫が
「もう涎垂らしてやがる。随分と教え込まれたようだな。そら、こっちも可愛がってやる」

嘲るように笑われ、さらにうつぶせにされる。尻を掲げられ、卑猥な姿勢をとらされた。尻の狭間に舌が滑り込んでくる。窄まりをざらざらの舌でねろりと撫でられる。

「いっ、……いやだ……っ！　いやぁ……ッ！」

奥歯を噛み、体を固くするが、すっかりここに雄《おす》を咥え込む快感を知った淫らな孔はひくひくと物欲しげに蠢く。

あたりに響くのは生唾を飲む音と、はあはあと荒い息、大勢の獣がそれぞれに立てる音が鼓膜を蹂躙する。

「おれからだ」

伊里弥を連れてきた狼が声を上げた。

おそらく彼がこの群れのボスなのだろう。誰も文句を言わず、彼が伊里弥に性器を挿入する様を固唾《かたず》を飲んで見守っている。

「いやぁぁあっ！」

伊里弥は髪を振り乱し、押さえ込まれている体を動かし暴れる。が、押さえつけている何頭もの狼を振り払うことはできない。

もうだめだ、ディーマ以外の者に入れられてしまう。

伊里弥の目から涙がぼろぼろとこぼれ落ちた。――その刹那《せつな》。

「伊里弥は返してもらう。それはおれの持ち物だ。誰が勝手に持っていっていいと言った」

低く重たい声がその場に轟《とどろ》いた。

狼たちははっとして、声の方へ顔を振り向ける。そしてのしかかっていた狼や群がっていた狼たちは、伊里弥の体から一斉にさっと体を引き、警戒するように声のする方へ向かっていった。

伊里弥がおずおずと振り返ると、そこには大きな獣がいる。神々しいまでに輝く金色の毛並みを持つ美しい虎。

他を圧倒するオーラを持つ大型獣のその迫力だけで、狼たちは気圧《けお》されているように見えた。

「……イーマ……」

ディーマ、ディーマ。

伊里弥は声にならない声で叫んだ。止めどなく涙がこぼれる。

彼がここに来たのは指輪を取り返すために違いなかった。……それしか思い当たらない。

けれどこの指輪の石を守るためとはいえ、伊里弥を助けにきてくれたことがとてもうれしい。

そしてはっと我に返る。なにも身につけておらず、しかもペニスは濡れそぼって恥ずかしい様を晒している。

こんな姿を彼に見せたなんて。

伊里弥は慌ててそこらに散らばっている、ぼろきれのようになった服をかき集めた。

そこにゆっくりとディーマが歩み寄ってくる。

「伊里弥、帰るぞ。背中に乗れ」

その声はとてもやさしく、伊里弥はこくこくと頷く。背中に伊里弥が乗ったのを確かめるとディーマは悠然と歩きはじめた。

「なんだ、ディーマ、おまえだけか」

ふんと鼻を鳴らしながら、さっきまで伊里弥にのしかかっていた狼が近寄ってきた。

伊里弥もてっきりディーマは他の者と共にやってきたのだろうと思っていたのだが、彼はたった一頭でここへ乗り込んできたらしい。他の虎の姿はまったく見当たらなかった。ディーマは彼の言葉を無視してその横を通りすぎようとする。

「死ね――ッ！　おまえがいなくなれば……っ！」

ざっ、と驚異的な俊敏さで狼がディーマへ飛びかかった。ディーマはすんでのところでそれを躱《かわ》す。がそれを合図とばかりに次々に狼たちがディーマめがけて飛びかかった。人型をとっていた狼も皆、元の姿になって襲いかかる。

ディーマは伊里弥を庇うようにひらりと避けながら、巣穴を出ようとした。しかしそこには大勢の狼たちが立ち塞がっている。

背に伊里弥を乗せているから、素早い動きがとれない。戦うこともできず逃げるしかなかった。それでも狼たちでできた壁の一際薄い部分をついて、体当たりし、巣穴から逃げ出す。

狼たちが追ってきた。

「しつこいやつらだ」

ち、とディーマが舌打ちをする。

「ディーマ……ごめん。おれ……」

「おまえは悪くない。……謝るのはおれの方だ。——伊里弥、ここで少し待っていろ」

ディーマは大木の陰《かげ》に伊里弥を下ろす。するとすぐさま追ってきた狼たちの影がディーマの足下まで伸びてきた。

薄い月明かりで、あたりはほとんどが闇に包まれている。伊里弥の目にはかろうじて黒い影が蠢いている様しか見ることができない。

ディーマは伊里弥が隠れている大木を背にして庇いつつ狼たちの群れを相手取った。

「往生際が悪いぞ、ディーマ」

舌舐めずりしながら、うずくまるように低い姿勢でやってきた狼がそう言うなり、ディーマに襲いかかった。あたりの木を利用し、飛んで蹴りながら素早くディーマの頭を狙いにくる。

なにしろ一匹ではない。複数の、それも多勢の群れだ。ディーマは一匹ずつ確実に仕留めつつもしかし防戦に必死だった。

死闘は続く。

途切れることもなく、次から次に襲いくる相手にディーマは疲弊してきた。途切れることのない大群相手にディーマ一頭だけでは体力に限界もある。

いくらクマ相手に勝つことができるディーマとはいえ、そのスタミナには限りがある。凄まじい瞬発力と、圧倒的な力があっても長時間の戦いはかなり分が悪かった。

それでもなお、伊里弥には手を出させまいとばかりに戦い続ける。しかしとうとうディーマが一匹の狼の動きを一瞬見逃してしまった。その狼は伊里弥のいる木へと駆けてくる。

「伊里弥ッ！」

ディーマが狼を追った。そのとき、ディーマに別の狼が飛びかかり、首のつけ根に噛みつく。

「――――ッ！」

不意の攻撃にディーマがのたうつ。すぐさま反撃して噛みついた狼を蹴散らしたが、かなり深い傷を負っているらしく、首から大量の血が流れ出していた。

傷ついた体で伊里弥へと向かっている狼へ走り寄る。ぼたぼたとディーマの体から血が流れ落ち、走った先から地面に黒い染みができた。

「アッ！」

できるだけ身を隠していたが、伊里弥の匂いを彼らはもう知っている。居場所がどこかだなんて容易にわかってしまうのだ。案の定狼が駆けてくるのが見えたかと思うと、伊里弥に飛びかかってきた。

だが間一髪のところでディーマが狼に体当たりをしてかろうじて難は逃れる。

伊里弥がディーマを見ると、体は血まみれだった。傷口から血が止まることなく流れてあの美しい金色が赤く染まっている。

「伊里弥に手を出すな……」

息が上がっている。かなり苦しそうなディーマの様子に伊里弥は胸を痛める。このままでは彼自身の命にかかわってしまう。

「ディ――」

ディーマ、と伊里弥が呼びかける声を遮《さえぎ》ったのは一発の銃声だった。

それはディーマの動きも、それから狼の動きも止めるのに十分な音だ。

さらに銃声は一度に留まらず、数発が続けざまに聞こえた。しかもそれはかなり近い場所で発砲された音のようで、伊里弥の耳にもはっきりと聞こえる。

「まさか……!?」

狼がきっとディーマを睨みつける。

「おまえが今想像したとおり、人間だ。結界の破れ目は案外大きいらしい。先ほど一度は修復したが……やはりだめだったか」

それを聞いて狼は憎々しげにディーマを睨む。

「おれを睨んでも人間は立ち去らないぞ。あの銃声はおまえの巣穴の方だな。巣穴が無事だといいが」

「くそっ、覚えていろ」

不敵に笑むディーマに捨て台詞《ぜりふ》を残して、狼が急ぎ立ち去る。と同時にディーマが頽《くずお》れた。

「ディーマ！」

伊里弥は駆け寄る。

そろそろ夜明けが近づいてきた。闇夜だった空はいつの間にかその色合いをうっすらと明るいものに変えている。

明けてきた空の下で、ディーマの様子をつぶさに見た。

彼の傷は伊里弥が思っているよりもずっと深い。間近で見れば見るほど、ひどい状態であることがわかった。体毛が覆い隠してよく見えなかったが、そこには引きちぎられ、むしり取られた皮膚の下に露になった血にまみれた肉が見え隠れする。伊里弥は目を背けたくなった。

「無事か」

なのに彼は真っ先に伊里弥の無事を確認する。伊里弥は血で汚れるのもお構いなしに彼の体にぎゅっとしがみついた。

「大丈夫……ありがとう、ディーマ……助けにきてくれてうれしかった」

「当たり前だ。おまえに死なれては困る」

ぶっきらぼうな口調は相変わらずだが、どこかやさしさを感じる声だった。

「うん……そうだよね。まだ……おれ、指輪を返していないし」

「そうじゃない、って？」

きょとんとした顔で伊里弥はディーマを見返した。すると彼はぷいと顔を背ける。

「ディーマ？　どうかしたの」

「……なんでもない。それより遅くなって悪かった。……すまない」

どこか口調が照れているように聞こえる。それに謝られるなんて思ってもみなかった。

「ありがとう……ディーマ」

伊里弥はディーマの大きな体に手を触れた。温かい。その体温を感じて、伊里弥はほっとする。大好きな彼の体に触れられることがこんなにもうれしい。すると彼の尻尾が伊里弥の体に巻き付いて、それがまるで撫でられているようで……泣きたくなるような気持ちになる。

「行くぞ、背中に乗れ」

彼はひとつ息をつくとのそりと立ち上がり、伊里弥に背に乗れと言う。伊里弥は首を振った。

「ディーマ、動いちゃだめだ。そんな怪我をしているのに」

だが彼は頭を振った。

「伊里弥、おれはこの山の王だ。なれば、この山を守り切るのがおれの責任。綻びた結界をもう一度張り直してこなければならない。……そしてその前におまえを安全な場所に――」

これ以上動けば結界を張り直す前に彼の体が動かなくなってしまう。止まらない血で地面に血溜まりができているのにもかかわらず、彼は行くと言っている。

「ディーマ！」

闇に紛れて蠢く影が視界に映ったかと思うと、ミハイルの声が聞こえた。

「ご無事ですか」

すぐさま駆け寄るなり、ミハイルはディーマの体を見て顔を顰めた。

そうしてディーマに抱きついている伊里弥に「手当てをします。離れて」とそっと声をかける。が、伊里弥は離れることができないでいた。彼からもういっときも離れたくなかった。

「伊里弥様、ディーマから離れてください。このままだと手当てができませんよ。大丈夫です。わたしの腕はご存じでしょう？」

ぶるぶると震えている伊里弥をやさしくディーマから引き離し、ミハイルは手当てをする。

「心配かけた」

ディーマはミハイルに短く言う。ミハイルも「いいえ」と短く答える。それだけで彼らの絆《きずな》の強さが見ている伊里弥にもよくわかる。信頼し合っているからこその会話だ。

「ミハイル、伊里弥を頼む。おれはこれから結界を張り直しに行く」

その言葉にミハイルが青ざめた。

「ディーマ！　それは無茶です！　その体で結界を張り直すなんて。体力のない今、結界など張り直したら死んでしまうかもしれないとあなたもわかっているのでしょう？　ただでさえあなたの力は弱――」

「ミハイル！」

咎めるようにディーマが声を上げる。はっとミハイルが口を噤んだ。

「どういうこと……？」

伊里弥が横から口を出した。

ミハイルはしまったという顔をしたが、すぐにきっと表情を引き締め、伊里弥に向き直る。

「ミハイル、余計なことは言うな」

ミハイルがなにかを伊里弥に言うとディーマは察したのか、言葉を遮ろうとする。しかしミハイルは首を振った。

「いいえ、ディーマ。これはきちんと伊里弥様にもお伝えした方がよいのです」

「ミハイル……？」

伊里弥はディーマとミハイルの顔を交互に見比べた。

「伊里弥様、あなたもディーマを止《と》めてください。彼の力は今非常に弱い。そんな状況で結界を張るというのは命を賭することなのです」

命を賭する……？

衝撃的な言葉に伊里弥は目を見開いてディーマを見つめる。

「……ディーマ……力が、って……。そんなに……？」

ディーマはぷいと顔を背ける。話したくないようだった。

「……まだそれほど弱っているわけじゃない」

その言葉は強がりだとすぐにわかった。ミハイルの表情が伊里弥の懸念を肯定しているように思える。

「伊里弥様、そうなのです。この大地の力がこのところ非常に弱くなってきています。自然破壊が進み、地力が激減している……。それに伴ってディーマの力も年々弱くなっていて。……結界の綻びもそのためだと」

「ミハイル！　喋りすぎだ！」

「いいえ！　ディーマ！　これは大事なことでしょう。あなたがいつまでも伊里弥様に愛を告げないせいでその指輪だって――」

「喋りすぎだと言った！　余計なことを言うな！」

ディーマに制されて、ミハイルははっとした顔をし、口を噤んだ。

ミハイルの言葉に伊里弥は衝撃を受ける。そういえば指輪の石が側にあるときにはディーマの力は元のままでなければならないのだ。イリヤがいたときにはそうだったのだから。けれど今この石が側にあってもディーマの力は元通りではない。

心が繋げられないと石は力を発揮しない。

「……ごめんね、ディーマ。おれがイリヤじゃないせいで……イリヤだったらよかったんだよね。そしたらあなたの力も元通りだったのに」

「違います、伊里弥様……！　ディーマは……！」

ミハイルが口を挟むが伊里弥は「いいんだ。慰めてくれなくて」と苦い顔で笑った。

結局なんの役にも立たない。伊里弥はそれを思い知らされる。

ディーマが愛を告げる相手はイリヤただひとり。よくわかっているが、さすがに辛い。唇を噛んでぐっと涙を堪える。

「……だから結界を張り直してくると言っているのだ。あとは頼む」

言い合いを打ち切るようにディーマがのっそりと立ち上がった。そして伊里弥へ振り返る。

「ミハイルがおまえを元の世界へ送ってくれるはずだ……おまえにはいろいろとひどいことをした。……すまなかった。おまえは元の場所に戻った方がいいんだ。そのほうがおまえは幸せになれる。……今更だが」

それだけを言うと、前を向いて歩きはじめる。

どこかゆっくりとした足取りは、怪我のせいなのか、それとも——。

死を覚悟したようでもあるディーマの後ろ姿を見て伊里弥ははっとする。

いやだ。

このまま彼ひとり行かせて、自分だけが元の場所に戻るのはいやだった。

「ディーマ……っ！」

伊里弥は跳ねるように立ち上がると、次の瞬間にはディーマを追いかけて走った。そして前を行くディーマに追いつきその背に抱きつく。

「伊里弥……？」

ディーマが驚いたように口にして、立ち止まる。

「いやだ……っ！　やだっ、あなたが行くならおれも……っ！」

「……伊里弥」

「つがいだって言ったじゃない。あなたおれのことつがいだって言ったでしょう……っ」

ディーマの目が見開かれる。

「おれも行く。あなたひとりだけで行かせない。もしかしたらこの指輪が必要になるかもしれないでしょう？　おれはあなたと心が繋げられていないからなんの力もないかもしれないけれど、でも……！　おれはあなたのつがいなのだから一緒に連れていってくれなくちゃ……っ」

伊里弥は泣きじゃくって縋った。

「おれは……おれはあなたのこと愛してる。あなたがおれのことを愛さなくてもおれは……。あなたがまだイリヤのことを愛していてもいい。でももう離れるのはいやなんだ……っ」

狼にさらわれてわかった。どんな形でも、ディーマの心がまだイリヤにあっても、伊里弥は彼の側にいたいとそう思った。

「……ばかだな、おまえは。おれからやっと解放されるというのに……」

伊里弥はううん、と小さく首を振った。

「自分で決めたことだよ。ディーマが嫌だって言っても、おれはついていくから」

「……本当におまえはばかだ」

「そんなにばかばか言わないで。あなたのことが好きなだけなのに」

「……わかった。わかったから背に乗れ。傷のことなら心配ない。ミハイルのくれた薬が効いている。時間がない。急ぐぞ」

うん、と短く返事をして伊里弥はディーマの背に乗った。

ああ、と伊里弥は疾走し流れていく景色を見ながら胸が詰まるほどの感動を覚える。

そう、この景色だ。目の前が緑一色に染まるくらいの森の姿。

温かなディーマの背にしがみつきながら、伊里弥は確かに幸せを感じている。

「……愛している、伊里弥」

走りながら、ディーマがぽつりと呟く。

「……え？　今なんて」

「愛していると言ったんだ。……イリヤではなく、おまえのことが愛おしい。……辛かっただろう、本当にすまない。おれはやっと……目が覚めたような気がする。おまえのおかげだ」

　ぽつり、ぽつり、と言葉を切りながらも続けられる愛の告白に、伊里弥は途方もない喜びを覚える。

「本当に？　本当に？　ディーマ……おれのことを？」

「おれは王だ。嘘は言わない。おまえがあいつらにさらわれたと知ったとき、どうしようもなく後悔した。おまえ自身を踏みにじるような真似をしてしまったことも。……あのときのおれは嫉妬で目が眩《くら》んでいたのだ。おまえがミハイルにやさしく笑いかけているから」

「あれは……！　あれはあなたのことを相談していただけで」

「わかっている。わかっているがそれでも腹が立ったのだ。おれはおまえにひどいことしかしなかったから、笑いかけてもらえる資格などなかったというのに」

　さみしげな声。彼が不器用だと伊里弥はもう知っている。そんな彼が愛しくて仕方がない。

「おれだってイリヤに嫉妬していた。あなたはイリヤの代わりにおれを抱いていたでしょう。それが堪らなく辛かった。だからミハイルに」

　ああ、とディーマが短く相槌を打った。

「イリヤのことは……多分イリヤというより思い出に執着していたんだろう。実際会ったおまえは生き生きして眩しかった。暗いものを背負っていたあいつとはまるで違ったのに。しかしイリヤを愛しているはずだからおまえのことは単なる身代わりだと思い込んでいた。はじめから……空港でおまえを見つけたときから、眩しいくらいのおまえに目が釘付けになっていたのに」

ディーマは訥々と語る。

伊里弥の中にあるイリヤの血がディーマと引き合ったのは確かだ。けれど当たり前だが伊里弥はイリヤとはまったく別の人間だった。はじめ伊里弥に惹かれるのは、この血と指輪のせいだろうと考えていた。

けれど冷たい態度をとってもなお、真っ直ぐに笑顔を見せてくる伊里弥を、いつしか愛おしいと思っていた、とディーマはぶっきらぼうな口調で伊里弥に聞かせてくれた。

「ここだ」

結界の綻びは伊里弥の目にもはっきりとわかった。景色がそこだけ歪んでゆらゆらと陽炎《かげろう》のようにゆらめいている。

木々の間に生じている綻びの前にふたりは立った。

「いいのか、もしかしたらおまえにも影響があるかもしれない」

彼の命が尽きたとき、伊里弥がどうなるのか。それは誰も知らないことだった。死ぬかもしれない、死なないかもしれない。それを知るのは大地の神だけだ。自分たちはその存在の気まぐれによって生かされてきたのだから。

「いいって言ったでしょう？　おれの命はあなたのものだよ。仮にもし死んでも心だけはあなたといたいから」

伊里弥はディーマの大きな体を抱きしめる。ふさふさとした一際長い毛足の彼の首筋に顔を埋める。彼独特の香りが鼻腔に届く。彼の体の高い体温が心地よくて伊里弥を安心させる。

ディーマも愛おしむように伊里弥へ頬ずりし、耳元で囁いた。

「我が命も伊里弥と共に。……おまえはおれといると誓うな」

「はい。誓います。……いつまでもあなたと共に」

どちらからともなく引き合うように唇を寄せる。

美しい虎の王との口づけ。

これが最後のキスかもしれない、そう思いながらそっと唇を重ねた。

そのとき――伊里弥の指輪が光り出し、眩しく輝いた。そして体中が熱く、これまで覚えたことのない力を全身で感じる。

「あ……」

抱きしめたディーマから漲《みなぎ》る力が流れ込み、それは彼の方も同じだったようで互いに顔を見合わせた。

繋がっている、ディーマの心に自分の心が寄り添ってひとつになっているのがはっきりとわかる。伊里弥の心と彼の心が共鳴し、そこから大きな光の輪を生み出して波紋のように広がっていく。ふたつの心が響き合うのが伊里弥にも、そしてディーマにも感じ取れていた。そしてその光は指輪の石によってさらにふたりを中心に大きな渦を作る。

その渦からあたり一面に、まぶしい光の粒子が噴き出して、雨のように降る。そうしてあたりを虹色で包み込む。それは美しい光景だった。

光でできたオーロラのようなヴェールが森のすべてを覆う。歪んだ景色が修復され、元の美しい森へと戻っていく。

光の洪水に溺《おぼ》れながら、ふたりはただ寄り添ってその光景に見とれていた。

＊＊＊

「無茶をして」

ふたりを追ってきたミハイルにひどく叱られた。彼の狼狽えきった顔はとても珍しい。目元が微かに赤みを帯びていて、僅かに腫れぼったく思えるのは気のせいだろうか。

綻びた結界はしっかりと張り直されたらしく、今ではどこにも歪みは見られない。

「伊里弥のおかげで大地の神のご機嫌が直ったようだ」

ディーマがそう言ったとおり、伊里弥の指に光る石からの力がディーマに元の力を取り戻させたようで、その力で再び獣たちが安心して暮らせる山が戻ってきた。

それ以来、他の虎たちの伊里弥に向ける目が変わってきたように思える。

「当たり前です。伊里弥様のよさがやっとわかってもらえて、わたしもうれしいです」

そう言うのはニーナだ。彼女は軽い傷は負っているものの無事に逃げ出すことができたらしい。まだ若いとはいえ、彼女だって立派な虎なのだ。

ディーマの傷はミハイルの治療ですっかりよくなった。彼の力が戻っているせいもあるのだろうが治りは早い。とはいえ彼の体には傷跡が生々しく残っている。きっとこの傷を見るたびに伊里弥は彼が自分を守ってくれたことを思い出し続ける。

そしてあれから――。

「伊里弥こっちに来い」

ディーマが片時も伊里弥を離さなくなった。

宮殿に戻ってからはなおのことだった。

どこに行くにも連れて回る。おれの妻だ、そう言って誰憚《はばか》ることなく言葉で愛を告げた。

今はディーマの心の変化がほんの少しだがわかる。感情の揺れを指輪の石が感じるのだ。笑っているのか、怒っているのか、悲しんでいるのか、喜んでいるのか。彼の感情の揺れを微かに感じるという、どうやらセンサーのようなものになっているらしい。

この指輪は確かに自分とディーマを結びつけている。

指輪が伊里弥様から決して外れなかったのは、もしかしたら神の力によるものなのかもしれませんね、とミハイルが言う。

ディーマと伊里弥の間を引き裂かずにすむように——互いを結びつけておくために。

それが伊里弥には途方もなくうれしかった。

「その足のものを外そう」

伊里弥に着けられた足枷は未だにそのままになっている。それを外そうというらしい。

「どうして」

「おまえをいつまでもここに置いておくわけにはいかないからな。おまえには向こうの世界に家族がいるのだろう。強引に連れてきてすまなかった。それから……指輪はおまえが持っているといい。それはいつまでもおまえを守り続けるはずだ。決断と前進、まさしくおまえにふさわしい」

そう口にするディーマの顔はどこか寂しげだ。彼の心にも少し暗い影が落ちている。作り物であるはずの右目でさえどことなく悲しそうに見えた。

「それってここから出ていけってこと？　指輪と一緒に？　そしたらあなたどうするの？　指輪がなくなったら、あなたの力はまた弱くなってしまうのでしょう？」

「………」

彼は口を噤み黙りこくってしまった。

「それから……おれに……出ていって欲しいの？」

伊里弥はじっとディーマの目を見て聞いた。彼の瞳はゆらゆらと揺れていて、あやふやな感情そのもののように思える。

「……そうではないが……しかし……」

「なに？　聞こえないよ？　はっきり言って。要《い》らないなら要らないでいいから。おれに今すぐ出ていけって言うなら出ていく。指輪なんかいらない。それはあなたのものだよ。でも、あなたはおれに誓ったでしょう？　ずっと共にいるって。あれは嘘だった？」

伊里弥がたたみかける。その言葉がディーマの本心からではないことはわかっている。伊里弥の家族やこれからのことを考えて自由にしたいと思ってくれているからこそ、そう言っているのは明らかだ。けれど。

「おれは決めたんだよ？　あなたとずっといるって。その覚悟を覆《くつがえ》させるつもり？」

言いながら涙がこぼれたことに気づいていなかった。伊里弥のその涙をそっとディーマが拭う。

「いいのか、本当に」

「いいって言っているじゃない。ずっと前から。……あなた勝手すぎる。おれの気持ちをなにもわかっていない。おれはこれからあなたの右目の代わりになりたいってことも」

「伊里弥……」

ぎゅっと抱きしめられる。伊里弥の涙はディーマの唇で吸い取られた。

「ばかだね、ディーマは。……おれのことを考えてくれたのはすごくうれしいけど、ばかだよ」

「そうだな……おまえといるとおれは情けない男になる」

「本当に。でもそんなディーマがおれは好き」

唇を合わせ、小さくキスをし、あとはゆるゆると抱きしめ合った。

どのくらいそうしていただろう。長い時間抱きしめ合ってお互いの体温を感じ合う。これが……こうしているのがどれほど自分に幸せをもたらすのか、ディーマは知っているのか。そう伊里弥は思う。愛している者と体温を分け合うこの時間が、永遠に続けばいいと思うのに。

「でも、その足のものは外そう」

しばらくしてようやく体を離し、彼が言う。

「これ？　別にこのままでもいいよ、おれは」

きれいな細工のされたこの枷はアクセサリーと思えなくもない。それに。

「なぜだ」

ディーマが眉を顰めた。彼はこれが気に入らないらしい。伊里弥を拘束し続けた以前の自分をあからさまに見せつけられるから、嫌がっているようだった。けれど、伊里弥は外したいとあまり思えない。

今ではあの拘束され続けた、彼が執拗に自分を欲し続けたあの日々を思い出すと幸せな気持ちにすらなるからだ。この足枷が彼と自分を繋いでいた唯一のものだったから。いわば思い出の品とでもいうのだろうか。なのであまり積極的に外したくはない。

そう理由を言うと、ディーマはさらにしかめっ面《つら》になった。

「おまえときたら」

「いいじゃない。あの生活も案外悪くはなかったもの。鎖で繋がれている限り、あなたと離れることはないんだなって思えて」

伊里弥がにっこり笑うと、ディーマは呆れたような顔で溜息をついた。

「では、もう少しましなものとつけ替えよう。……それじゃああまりにも……おまえには似合わない」

「そう、ちょっと残念だけどあなたが言うならそれでいいよ。でも鎖がないからといって、おれのこともう手放すなんて言わないでね」

「言わないさ。もう二度と。――伊里弥」

手を引かれ、彼の胸に抱き込まれる。

「改めて……おれとつがいになってくれるか」

熱っぽい視線。伊里弥の中の彼の魂が熱くなっている。体中で幸せを感じた。

じっと見つめると顎を取られ、くいと上を向かされる。

ディーマの顔がぐっと近くなった。彼の左の青色の目と、右の灰色の目に伊里弥の顔が映し出される。これからはもうイリヤの影に惑わされることもないだろう。その証拠に指輪は熱くなり、彼が伊里弥を思う気持ちに偽りはないと伝えている。

「これから寒くなるね。……ずっとおれを温めてくれるの？」

「ああ、ずっと。おまえがいいと言うなら今からでも」

「いいよ。……温めて。……おれを熱くして」

誘うように唇を開く。その伊里弥の唇にディーマの唇が重なった。


髪をかき上げられ、額に、頬に、耳朶に、耳の後ろにキスの雨が降ってきた。それはやがて深い口づけになり、互いに唾液を交換するように深く貪《むさぼ》り合う。

彼がどんなにか自分を熱くさせるのか、伊里弥はディーマに教えたかった。こうやって愛されることを感じながら交わし合うキスがどんなに幸せなことか。

服を脱がされ、ベッドへ誘われる。

横たえられて乳首に吸いつかれ、舌で転がされると、体の芯が甘く痺れる。伊里弥が色めいた吐息を漏らすと、そこからふたりだけの世界になった。

「あ……ん……」

ディーマの舌先が伊里弥の鎖骨の窪《くぼ》みから、白い腹まで這い回る。何度も重ねた体だ。脇腹を甘く噛まれ、指で乳首を捏ねられる。

胸の赤い粒はふっくらと膨らみ、こりこりと芯を持って硬くしこっていた。そこを執拗に愛撫されるともう声が止まらなかった。

「んっ、あ……ん、んっ……」

ディーマによって官能を教え込まれた体は易々《やすやす》と快楽に堕《お》ちていく。

感じるのか、と問われても伊里弥には答えられない。

彼のどんな愛撫にも感じてしまう、淫らな体だ。ほんの少し触れられただけで体に電流が走るように感じてしまう。恥ずかしくて横を向き、目を伏せた。

「快楽に素直なおまえが一番可愛くてきれいだ」

瞼に口づけられる。

「こんな体にした責任取って、ディーマ。……あなたに触れられるだけでおれは淫乱になってしまう」

触って、とディーマの手をとって、伊里弥は自らのペニスへ導く。

「ああ、喜んで責任を取ろう。たっぷりと愛してやる」

言うなり、ディーマは伊里弥のペニスへ唇を寄せて、口の中に含んだ。

ディーマにされる口淫に伊里弥は溺れる。

「あ……ぁ……、あ……」

張り詰めたものを舌と唇で愛されると腰が融けそうになる。じゅぷじゅぷと立てる音に興奮し、ガクガクと腰がわななく。

あの美しいディーマが伊里弥のペニスを咥え、美味しそうに頬張っている。

彼の舌が先っぽの割れ目にねじ込まれ、ねちねちと蠢くと、伊里弥の膝頭《ひざがしら》が跳ねた。

「……いく……っ、いっちゃう……っ……！」

じゅっ、と強く吸われ、膨らみきったペニスから白いものが吐き出される。それをディーマはごくりと飲み干した。

「の、……飲んだの……？」

はあはあと忙《せわ》しない呼吸の合間に聞くと「おまえのはうまい」とにやりと口角を引き上げた。

その口元は伊里弥の放った残滓《ざんし》で濡れている。

「いくときのおまえは可愛かったぞ」

そう言いながら、伊里弥に口づける。ぬるりと入り込んだ彼の舌は青くて苦い味がした。

「ディーマ……ディーマ……」

抱きしめて頬ずりをする。

愛しい、愛しいおれの美しい獣。

「……ディーマ、おれを……めちゃくちゃにして……あなたの気が済むまでたくさん愛して」

体を擦りつけ、はしたなくねだる。

欲しくて堪らない。愛しているという印を自分に刻んで欲しい。

「伊里弥……」

悠然とディーマは微笑む。けれどその目には情欲が滲んでいた。

ベッドが軋み、ディーマは体勢を変える。

伊里弥の脚を開かせ、後ろの紅色の蕾を舌で舐め融かす。

「あ……ぁん、あ……ぁ……」

しっとりとした内股が撫でられ、舌が差し込まれると蕾はひくひくと奥へと誘うように花を開きはじめる。

「きれいな花が開いてきたぞ……赤くて淫らだ……」

うっとりとした声で言われ、伊里弥は羞恥に顔を手で覆った。

ぴちゃぴちゃと蕾をこじ開けて開かされ、開いた花にペニスからの蜜がこぼれ落ちる。花の露だなと、と濡れた声で囁かれると体の奥が疼いてさらにひくりと蕾が蠢いた。

「欲しいか、おれが。欲しいなら誘ってみろ」

淫蕩《いんとう》な目をした彼がいやらしい声で言いながら、内腿をすっと撫でた。

舌で嬲《なぶ》られる刺激ではもう物足りなかった。ディーマの熱くて硬い、大きなものが欲しい。熱い楔で後ろを抉られたい。

「……ちょうだい、ディーマの。……後ろぐちゅぐちゅって……して、いっぱい……」

伊里弥はおずおずと膝の裏に手をかけて抱え、誘うように自ら脚を大きく開いた。それはさぞかし卑猥な光景だっただろう。

花のように真っ赤に染まったペニスが上を向いてだらしなく蜜をこぼし、またその下にもいやらしい花が咲いて、花びらをひくひくとさせている。

「ああ……伊里弥……きれいだ……」

ごくりとディーマが生唾を飲む音が聞こえる。

「きて……」

潤んだ目で彼を見つめると、すぐさま猛りきった欲望が宛がわれた。

「……おまえの一番いい声を聞かせろ」

そう言うなり、ずぶりと一息にそれを突き立てる。

「ああっ！　あ、あああぁっ！」

あまりの衝撃にぐんと伊里弥の体が弓なりに反る。ディーマの背に思わず爪を立てた。

痛みではない、過ぎる快感に体の中の熱がうねり出す。隆々とした彼の怒張は伊里弥の中をかき分けて押し進んだ。

「ああ、……っ！　あ、ん……」

小刻みに揺すられながら、確実に肉の楔は伊里弥の中へと打ち込まれていく。

その楔を隙間なくぴったりと中の粘膜は包み込み、喜んでうねうねと動くのだ。

くっ、ディーマは短く呻《うめ》く。

「締めつけすぎだ……おまえの中は」

パン、と尻をひとつ叩かれ、伊里弥は「あんっ」とうれしげに声を上げた。そうしてさらに奥深くへとディーマがぐいと入り込む。

ゆさゆさと揺さぶられ、突き上げられる。激しい動きに伊里弥の体が波を打つ。

「あ…あ……ん、っ、はぁ……ん」

伊里弥を乞《こ》うだけの獣と化して、本能のままにディーマは体を貪った。それが余計に伊里弥を幸せにする。愛されているという実感がますます伊里弥を淫らにさせた。

「いいぞ……中がうねうね絡んでくる……。どうして欲しい？　おまえの口から聞きたい」

「突いて……っ、もっと奥……っ、ディーマの欲し……っ、あああっ！」

腰を抱え直されたかと思うと、ディーマの肉棒が伊里弥を串刺しにした。淫らな孔が立てるじゅぷっ、じゅぷっ、という卑猥な音が伊里弥の耳をも犯す。

「あんっ、あっ、……いい……ッ……そこ……っ……、ああ、あ……ッ」

身も世もなく喘ぎ、理性をかなぐり捨てて伊里弥もただの雌の獣となる。媚肉をディーマの大きく硬いものでかき回されて、愉悦に浸る。

「いい……っ、あ……っ、ずん……って……ああっ」

心を、魂を繋げて交わることがこんなにも感じるなんて。悦楽に耽溺《たんでき》し、どうにもできないくらいよすぎて苦しい。なのにこの甘さにもっと溺れたくてはしたなくねだる。

「ディ……マ……っ、気持ちい……っ、ああ……んっ、いいっ……」

どこもかしこも隙間なく彼のものでいっぱいに満たして欲しい。合わせる皮膚も粘膜もなにもかも。

「欲し……い……、出して……っ、中に、あなたの子種《こだね》が欲しい……っ」

中の敏感な粘膜が熱く蕩け、歓喜に蠢く。ここに彼の熱いものをかけて欲しい。もっと自分を彼のもので満たして欲しい。彼の精液が自分の中を流れる血液になるくらいいっぱいに。

「ああ……存分にかけてやる。……孕《はら》むくらいにな」

ひときわいやらしい声で囁き、ディーマはずんと深く中を抉った。その刺激で伊里弥が中を締めつけた。

「あんッ！　あ、あ、ああっ！」

いくぞ、という声のあと、ぐいと最奥へ肉の楔が突き刺さる。どくどくと脈打つ感覚があったかと思うと、熱いものをたっぷりと注がれた。

「あ……あ、……ああ……」

伊里弥はびくびくと体を痙攣させながら、一滴も余さずディーマのものを搾り取ろうと中を締めつけた。そして中を濡らされる感触に歓喜の声を上げる。

「おまえを愛している。この命が終わるまでずっと」

抱きしめながらディーマは青と灰色の美しい目でやさしく見つめ、伊里弥にそう告げる。

やがてくる氷の季節も彼に温められながらならきっと穏やかに過ごせるはずだ。

夏は緑の、冬には氷の、この美しい森に囲まれながらいつまでも一緒にいたいと、伊里弥はディーマにそっと囁いた。

END

あとがき

こんにちは。このたびは本をお手に取ってくださいましてありがとうございました！

ダリア文庫様では二冊目の本になりました。

前回は医者ものでしたが、今回はまたまるで違ったお話です。まさかもふもふを商業で書かせていただける機会が訪れるとは思いませんでした……！

えろくて、もふもふで、花嫁で、というリクエストを担当様からいただき、えろいのも、もふもふも、花嫁も大好きでしたから、必死に頑張ってみました。いかがでしたでしょうか……？

この話はわりとはじめて尽くしでして、舞台が外国もはじめてですし、金髪碧眼（片目は義眼でしたが）の攻めもはじめてでした。はじめてのことが多くて緊張してしまいました。

ロシアは道産子のわたしにとっては、なんとなく身近な国ではあるのですが、訪れたことはありません。伯母がロシア語の通訳をしており、彼女は何度も訪れているので、そのときの土産話を聞いて行ったつもりになっている程度です。ですから、このお話に出てくるのはなんちゃってロシアなので、ツッコミどころがたくさんあるかと思いますが、どうかご容赦を。

でも、一度は行ってみたいですね！　ロシア！　エルミタージュ美術館とかクレムリンとか！

建築物を見るのがとても好きなので、美しい建築物をたくさん見学してみたいものです。

それにやっぱり舞台にしたアルタイ地方にも行ってみたいですね。写真を見ているだけでも美しくてうっとりしていました。

ところで、今回のお話ですが、わたしには珍しく傲慢攻めさんでした。図々しかったり、横柄だったり、な攻めさんはいても、傲慢な人はあまり書かないのでちょっと新鮮な気持ち……！。

伊里弥はだいぶひどい目に遭いましたが、ディーマみたいなのを好きになっちゃったから仕方がないよね、自業自得だよね、と思います。伊里弥にはこれから先もだだっ子な王様の面倒をみてね、という気持ちでいっぱいです。とはいえ、わたしの書くカップルは、くっついた後には必ずと言っていいほどバカップルになるので、きっとこのふたりもバカップルになるんだろうなと。

ディーマは伊里弥に赤ちゃんができる勢いで種付けしているので、そのうち神様も呆れて子どもを授ける、なんて奇跡が起これぱいいなあとそんな妄想までしています。仔虎可愛いだろうなあ。赤ちゃんができたらディーマは赤ちゃんにやきもち妬いて大変ですね。

そんなふたりもいつか書いてみたいなと思います。

今回、イラストは北沢きょう先生につけていただきました。

北沢先生の描かれる絵はとても繊細で美しくて大好きでしたので、イラストが北沢先生というお話を聞いてとてもテンションがあがりました。作業中に心が折れそうになったときには、「北沢先生のイラストを見るまでは……！」と、支えになっていたくらいです。

北沢先生、本当にありがとうございました！

わたしの話はまるで統一性がなく、作風がバラバラなので、作家買いというのはしにくいと思いますが、このお話もどうかお好みに合う方のところにお嫁……お婿に行ってもらえたらいいなと思います。

最後に。お世話になっております担当様、いつも的確なアドバイスをありがとうございます。またレスポンスが感動するほど早くてとてもありがたく、感謝しております。

そして、この本を手に取ってくださった皆様、いつも励ましてくださる読者様はじめ友人知人の皆様にも心からの感謝を申し上げます。

次もまたお目にかかれましたら幸いです。

淡路　水

ディーマがかっこよくて描くのが楽しかったです…！

ありがとうございました♡

北沢きょう

初出一覧

虎王は花嫁を淫らに啼かす……………………… 書き下ろし
あとがき…………………………………………… 書き下ろし

ダリア文庫をお買い上げいただきましてありがとうございます。
この本を読んでのご意見・ご感想・ファンレターをお待ちしております。

〒170-0013 東京都豊島区東池袋3-22-17　東池袋セントラルプレイス5F
(株)フロンティアワークス　ダリア編集部
感想係、または「淡路 水先生」「北沢きょう先生」係

虎王は花嫁を淫らに啼かす

2016年8月20日　第一刷発行

著　者
淡路 水

発行者
辻 政英
発行所
株式会社フロンティアワークス
〒170-0013 東京都豊島区東池袋3-22-17
東池袋セントラルプレイス5F
営業　TEL 03-5957-1030
編集　TEL 03-5957-1044
http://www.fwinc.jp/daria/
印刷所
中央精版印刷株式会社